Amor de beduíno

Obras do autor

Aventuras do rei Baribê
A caixa do futuro
Céu de Alá
O Homem que Calculava
Lendas do céu e da terra
Lendas do deserto
Lendas do oásis
Lendas do povo de Deus
O livro de Aladim
Maktub!
Matemática divertida e curiosa
(Prof. Júlio César de Mello e Souza)
Os melhores contos
Meu anel de sete pedras
Mil histórias sem fim (2 volumes)
Minha vida querida
Novas lendas orientais
Salim, o mágico

Malba Tahan

Amor de beduíno

4ª edição

EDITORA RECORD
RIO DE JANEIRO • SÃO PAULO
2024

CIP-Brasil. Catalogação-na-fonte
Sindicato Nacional dos Editores de Livros, RJ.

T136a Tahan, Malba, 1895-1974
4ª ed.   Amor de beduíno / Malba Tahan. – 4ª ed. – Rio
         de Janeiro: Record, 2024.

ISBN 978-85-01-06140-9

1. Contos brasileiros. I. Título.

                     CDD – 869.93
01-1649   CDU – 869.0(81)-3

Copyright © Rubens Sergio de Mello e Souza, Sonia Maria de Faria Pereira e Ivan Gil de Mello e Souza, 2001

Texto revisado segundo o Acordo Ortográfico da Língua Portuguesa de 1990.

Projeto de miolo e capa: Ana Sofia Mariz

Direitos exclusivos desta edição reservados pela
DISTRIBUIDORA RECORD DE SERVIÇOS DE IMPRENSA S.A.
Rua Argentina 171 – Rio de Janeiro, RJ – 20921-380 – Tel.: 2585-2000

Impresso no Brasil

ISBN 978-85-01-06140-9

Seja um leitor preferencial Record.
Cadastre-se e receba informações sobre nossos
lançamentos e nossas promoções.

Atendimento e venda direta ao leitor:
sac@record.com.br

EDITORA AFILIADA

Sumário

1. Uma aventura no harém de Mobadil   9
2. A seita dos Yakkinis   15
3. O mercador de sonhos   23
4. Homens extraordinários   29
5. A vingança do xeque   37
6. A luz do gueto   45
7. O marido alugado   55
8. O perfume indiano   63
9. Coincidências da vida   69
10. O conselho do árabe   75
11. O grande sábio Chin-chu-lin   77
12. Ingratidão exigida   87
13. O chá de Itakoura   91
14. O sábio analfabeto   95
15. As duas tendas do deserto   99
16. A primeira pedra   103
17. A lenda do País Perdido   107

Em nome de Alá,

clemente e misericordioso...

Fecha o teu Alcorão, ó meu amigo, e escuta o triste cantar de um pobre beduíno e sonhador!

Sou de uma tribo em que todos são nobres, todos: homens e cavalos!

Sou, ó irmão dos árabes, de uma tribo de guerreiros que nada temem; heróis invencíveis que aguardam o simum e a morte com o sorriso nos lábios o nome de Alá, onipotente, no coração!

Quando a minha tribo viaja, ó muçulmano, cada camelo leva um palanquim dourado de estofo e seda; e em cada palanquim vai uma jovem mais formosa e mais pura do que a quarta lua do mês de Ramadã.

Escuta! Quando de imprevisto surge contra nós uma grande tropa inimiga, todos os nossos guerreiros se atiram com ardor ao combate. *Alaú Akbar!** *Alaú Akbar!* Os kandjares desenham no ar, com seus reflexos de fogo, os mil arabescos diabólicos da morte!

Oualah! Nessa hora, então, Azrail, o anjo da eterna separação, ergue o seu véu, e vem escrever, com o sangue dos bravos, na areia ardente do deserto, mais um poema de dor e sacrifício!

Maktub!, estava escrito no *Livro Imutável!* As noivas soluçam e as pobres mães, loucas de dor, choram no fundo das tendas. Mas os guerreiros mortos na peleja — Azrail os levou para sempre — repousam em coxins de púrpura entre as mil delícias do céu de Alá!

Maktub! Deus é sábio, é clemente, é justo!

---

*Deus é grande!

Na hora triste em que o sol derrama os seus raios torturantes sobre o Nedjed e faz parar as caravanas sufocadas, deito-me à sombra das tamareiras do meu oásis e durmo. Durmo e sonho.

Nessa hora até as sombras têm sede...

Sonho que sou o muezim. Subo ao mais alto dos minaretes da esperança e chamo cinco vezes pela minha amada: Radiá! Radiá! Porque até no mundo dos sonhos queres fugir de mim. Tu que és, ó beduína, mais formosa que a gazela encantada e mais doce do que as tâmaras de Zaimed... Radiá! Os muezins são cegos! Escuta a voz deste muezim que é cego de amor!

— Radiá, ó flor do Islã — gritei —, por Maomé, o Profeta! — Radiá voltou-se para mim e sorriu!

Louvado seja Alá, que fez a minha prece chegar ao coração infiel de minha amada!

E grito, ainda, bem alto, num desafio capaz de abalar as areias mais profundas do deserto:

— Radiá, querida! Venham contra mim as panteras negras do infortúnio! Venha contra mim o simum da Adversidade! E eu saberei conduzir até ao delicioso oásis do teu amor a imensa caravana dos meus sonhos e dos meus desejos.

Bagdá, 1906.

Uma aventura no harém de Mobadil

Uma noite, em Bagdá, depois da última prece, sentamos, eu e os outros mercadores da caravana de Basra, junto à porta da tenda do velho Abdul Massufi, e pusemo-nos a fumar, cavaqueando, enquanto os servos conduziam os nossos incansáveis camelos para a fonte de Hileh.

Fazia parte do grupo um rapaz sírio, chamado Omar Ben Hamed, que, depois de haver percorrido grande parte da Pérsia, da Índia e da China, abandonara a vida errante e aventureira para mercadejar em lãs e tapetes com os judeus de Mossul.

— Há na minha vida — dizia ele, afagando com a mão fina e bem-tratada o turbante cor-de-rosa — uma aventura que me causou profunda impressão. Foi a que comigo ocorreu certa vez no harém do velho Mobadil, o grande mercador de Mossul.

— No harém do xeque Salan Mobadil? — interrompeu, viva e repentinamente interessado, Adjalá Massufi, o mais moço dos filhos de Abdul.

— Ali mesmo — respondeu Omar. — Por mais inverossímil que pareça, já me vi envolvido nas tramas de uma aventura perigosa, no mais rico harém de Mossul.

É extraordinária a fascinação que a palavra "harém" exerce sobre os árabes do deserto. O jovem Omar Ben Hamed mal poderia avaliar a curiosidade que suas palavras haviam despertado entre nós.

— Em Mossul — começou ele —, quando lá estive pela primeira vez, soube que um velho xeque, chamado Salan Mobadil, tinha no seu luxuoso harém as mulheres mais formosas do Islã: Fátima, Yasmina, Mamia, a favorita, Roxana, a dos olhos verdes, Aicha, Zélis, a loura, e muitas outras. Essas criaturas só eram vistas nas ruas raras vezes e, ainda assim, escoltadas por eunucos ferozes e completamente embuçadas — pois assim exigia o ciumento muçulmano a quem pertenciam. "Alá é grande!" — pensei. "Algum dia há de tocar a mim também a ventura indizível de apreciar, sem o disfarce dos véus e dos haiques* as formosuras de Mobadil!"

— E conseguiu? — interrompeu outra vez Adjalá, o mais irrequieto ouvinte do nosso grupo.

— Lá irei ter — prosseguiu risonho o jovem narrador. — Quando o velho Mobadil casou a filha mais velha, ofereceu

---

*Peça do vestuário feminino.

uma grande festa aos parentes e amigos. Achei que seria essa a ocasião mais favorável à proeza arriscada.

Disfarcei-me, cuidadosamente, com trajes femininos, cobri o rosto com um véu bastante espesso e apresentei-me, como se fora amiga da noiva, em casa do velho Mobadil. Foi com grande dificuldade que consegui entrar, e assim mesmo depois de ter gratificado generosamente duas escravas negras, de má catadura, que vigiavam à porta do harém. Ao chegar ao luxuoso pavilhão reservado às mulheres, fiquei deslumbrado com o espetáculo que me foi dado observar. Lá estavam, de rosto descoberto, e na maior intimidade, cerca de vinte mulheres formosíssimas como até hoje ainda não vi, nem mesmo nos sonhos delirantes do haxixe! Exaltado seja Alá, o onipotente, que soube, com tanta graça, modelar criaturas tão perfeitas para encanto e sedução dos nossos olhos! Exaltado seja Alá!

Depois de ter proferido essas palavras de gratidão ao Altíssimo, nosso herói continuou:

— Estava eu entregue ao delicioso enlevo de admirar as favoritas de Mobadil quando, inesperadamente, estourou em escândalo espantoso: haviam roubado o colar da noiva, joia de alto preço e mais alta estimação! "Quem foi? Quem teria sido?", perguntavam ansiosas umas às outras, na confusão de desencontradas hipóteses. Uma velha pintada de hena, cara de mau agouro, que lá se encontrava, gritou:

— Foi uma das convidadas que roubou o colar!

A suspeita estava lançada. Naquele mesmo instante, ficou resolvido que todas as mulheres presentes, fossem convidadas ou moradoras no harém, seriam revistadas. "Estou perdido", pensei. "Se me descobrirem neste harém, serei impiedosamente assassinado pelo marido ciumento! Ainda por ordem da agourenta velha (o Maligno a persiga), as mulheres foram colocadas lado a lado, a fim de que fossem revistadas uma a uma. Trêmulo de medo — menos da morte que do vexame de ser ali descoberto sob disfarce feminino —, deixei-me ficar para o último lugar, no extremo da fila. "Antes de chegar a minha vez", pensei, "se Alá quiser, o colar será descoberto!" Era essa, aliás, a minha única esperança de salvação! "Seja feita a vontade de Alá!", murmurei, vencendo a custo o pavor que me invadia. Uma graciosa rapariga, viva e inteligente, ofereceu-se à velha para examinar todas as outras. Começou então para mim um verdadeiro suplício! Cada mulher que era revistada sem resultado fazia aumentar as probabilidades da minha morte! Era horrível a minha situação! E não havia quem pudesse, em semelhante emergência, escapulir: a rapariga examinava, com meticuloso cuidado, da cabeça aos pés, sem deixar de esgaravatar até nas dobras dos vestidos! De momento a momento, a minha angústia aumentava! Afinal, quando faltavam apenas duas mulheres para chegar a minha vez, o colar foi descoberto!

E o inteligente Omar Ben Hamed terminou, sorridente:

— Dei graças ao Altíssimo! Ninguém poderá calcular o alívio que senti quando me vi livre do perigo. Havia — louvado seja Alá — escapado milagrosamente de ser pilhado e massacrado no harém de Mobadil!

Nesse momento, o jovem Adjalá Massufi, que acompanhara com vivo interesse a narrativa de Omar, exclamou:

— Mac'Alá! É extraordinário esse caso! Posso garantir, porém, que o nosso amigo Omar Ben Hamed não correu o menor perigo no harém de Mobadil.

E, como todos os olhares convergissem para ele indagadores e todas as bocas emudecessem para ouvi-lo, o jovem Adjalá explicou:

— Eu também estive disfarçado em mulher, nessa festa de casamento no harém de Salan Mobadil, em Mossul! Pude ver tudo; pude observar tudo! Omar Ben Hamed não correu o menor perigo nessa curiosa aventura do colar!

E, erguendo-se cheio de orgulho, concluiu:

— Era eu exatamente a tal "rapariga" que logo se oferecera para revistar as outras!

A seita dos Yakkinis

(Do folclore hindu)

Quando o príncipe Lilavati de Maípola voltava de uma caçada na grande floresta de Baladeva, viu, casualmente, junto a uma casa rústica da estrada, uma formosa rapariga, que trabalhava em grosseiro tear.

Apaixonou-se o príncipe por essa jovem, e, como não pudesse refrear os impulsos de seu coração, dirigiu-se, no mesmo instante, à encantadora desconhecida e pediu-a em casamento.

— Não posso aceitar a vossa generosa proposta, ó príncipe — respondeu ela —, porque já sou casada!

E contou, pesarosa, o seu triste romance:

— Meu nome é Vitória — começou — e sou filha de um

brâmane* muito pobre. Quando eu tinha doze anos de idade, meu pai vendeu-me a um homem perverso chamado Jaradgava, dando-me em troca de uma dívida que fizera no jogo. Meu marido, da casta dos vaixás, tem alma de chandala;** trata-me com desprezo, e, não raras vezes, espanca-me impiedosamente!

— Pois fujamos desse bruto — disse o príncipe. — Iremos para Hiamavanta e, lá, bem longe, casaremos!

— Não posso fugir — replicou a moça. — Embora não sinta a menor afeição ao meu algoz, estou presa por um juramento que fui obrigada a fazer!

— Vou oferecer a teu marido avultada quantia — ajuntou o mancebo. — Estou certo de que a cobiça fará com que ele, repudiando-te, consinta em nosso casamento!

— Nada conseguireis pelo dinheiro — respondeu a moça. — Jaradgava é caprichoso e ciumento! Já apunhalou, por minha causa, um rico mercador de Benares.

E a infeliz, com voz repassada de profunda mágoa, ajuntou:

— Só poderei ser vossa esposa se for levada ao vosso palácio e entregue aos vossos cuidados pela própria mão de meu marido! E isso é impossível! Completamente impossível!

Quando o príncipe regressou, nesse dia, ao castelo, estava triste e abatido. Procurou um velho brâmane, chamado Yama,

---

*Membro de casta sacerdotal, a primeira das quatro grandes castas em que se divide o povo hindu. As outras castas são: xátrias (militares), vaixás (operários) e sudras (escravos). Há, entre as três mil castas da Índia, uma casta de ladrões na costa da Pescaria denominada "Kalar" e considerada honrada.
**Chandala, na Índia, é o indivíduo expulso da sua casta.

seu confidente e amigo, contou-lhe o que havia passado e pediu-lhe que o auxiliasse a vencer a teimosia e o ciúme do facinoroso Jaradgava.

— Estou certo — respondeu o brâmane — de que Vossa Alteza só poderá vencer esse vaixá perverso se quiser entrar para a seita dos Yakkinis!

O príncipe de Baladeva nunca ouvira falar em semelhante seita; mas resolveu seguir, confiante, as instruções do prudente brâmane.

No dia seguinte, Lilavati mandou convidar o perigoso Jaradgava para exercer o cargo de mordomo do castelo, oferecendo-lhe ótimo salário. O ciumento vaixá — que ignorava a paixão do príncipe por sua esposa — aceitou, sem hesitar, o generoso oferecimento.

Alguns dias depois, o príncipe chamou Jaradgava e disse-lhe em tom confidencial:

— Naturalmente já sabes, meu amigo, que eu pertenço à grande seita dos Yakkinis. Os filiados a essa doutrina secreta dedicam a todas as mulheres um amor puro e desinteressado. Quero, portanto, que tragas hoje ao castelo uma rapariga de casta elevada e que seja digna, pelos seus dotes naturais, de receber as homenagens que sou obrigado a prestar, segundo as formalidades prescritas pelos yakkinistas.

Não se pode calcular a surpresa com que o vaixá ouviu essas palavras. Que seita seria essa? Não estaria o rico senhor de Baladeva sofrendo das faculdades mentais?

O príncipe, como se não percebesse o espanto que a sua inesperada revelação havia causado ao administrador, ajuntou:

— Quando trouxeres a rapariga, deverás levá-la ao salão de honra. E, apresentando-a, deverás dizer: "Eis aqui a mulher que Vossa Alteza pediu!"

Jaradgava retirou-se, tendo prometido que tudo faria como fora ordenado.

Intrigava-o, porém, aquele caso.

"Vou desvendar esse mistério!", pensou.

E, no dia seguinte, procurou uma rapariga muito viva e alegre, chamada Noyla, e propôs-lhe que o acompanhasse até o castelo da Maípola. Noyla, que cultivava toda sorte de aventuras, aquiesceu de bom grado.

Jaradgava levou-a à presença do príncipe.

— Eis aqui — exclamou, solene — a mulher que Vossa Alteza pediu!

O príncipe tomou Noyla pela mão e conduziu-a, respeitosamente, ao salão de honra do castelo, cuja porta fechou.

— Vamos ter belos idílios! — murmurou o mordomo.

Quando Noyla, momentos depois, saiu da sala, perguntou-lhe Jaradgava que galanteios lhe havia dito o príncipe.

— Nada — respondeu Noyla. — Sua Alteza colocou-me em um trono riquíssimo, ajoelhou-se a meus pés, e adorou-me como se eu fosse uma nova deusa! Obsequiou-me, por fim, dando-me vestidos e enfeites e joias!

E a jovem mostrou ao mordomo do castelo os ricos anéis, os colares, as pomadas e as rutilantes peças de ouro que recebera.

— É estranha essa religião! — murmurou Jaradgava.

Alguns dias depois, o príncipe ordenou a Jaradgava que lhe trouxesse outra rapariga, pois já era chegada, novamente, a ocasião de prestar as homenagens devidas à deusa dos Yakkinis. O mordomo trouxe, desta vez, uma donzela chamada Narayama. Passou-se tudo como da primeira vez, recebendo a jovem, que era da casta dos párias,* uma valiosa recompensa. "É extraordinário!", pensava Jaradgava, cada vez mais intrigado. "Parece-me que essa seita dos Yakkinis não passa de uma loucura do príncipe! Não creio existirem no mundo dois homens que tenham, em relação às mulheres formosas, tão estranha maneira de proceder!"

Um dia, porém, quando o desconfiado Jaradgava voltava para casa, encontrou sob uma árvore, junto à estrada, um velho brâmane, absorto com a leitura de um grande livro.

E Jaradgava, aproximando-se do velho, perguntou-lhe:

— É verdade, ó brâmane, que existe no mundo uma seita chamada dos Yakkinis?

O brâmane, que não era outro senão o prudente Yama, que naquele lugar fora postar-se já de propósito, respondeu:

— É verdade, sim, meu filho! A grande seita dos Yakkinis existe, há mais de dez séculos, espalhada pelo mundo. O adep-

---

*Párias — casta antiga, perfeitamente definida, que não é a última nem das últimas. Os párias não se reputam miseráveis e abjetos nem são refugo da sociedade; entretem o mesmo pundonor de sua classe — ou o "castimo", como se diz na Índia — que os brâmanes e os xátrias, e tratam as camadas que consideram mais baixas, como a de sapateiro e lavadeiros, com o puritanismo e desdém análogos aos das castas superiores (Dalgado, *Glossário luso-asiático*).

to dessa elevada doutrina faz o juramento sagrado de respeitar a mulher e de prestar homenagens constantes ao sexo feminino, reduzindo todo esse culto a uma admiração platônica, pura e desinteressada.

E o sábio concluiu gravemente:

— Os yakkinistas, homens extremamente pudicos, são incapazes de tocar em uma mulher!

Agradeceu Jaradgava ao bom brâmane a preciosa informação e nesse dia, quando regressou ao castelo, estava já plenamente convencido de que a seita dos Yakkinis era, na Índia, uma grande realidade.

Uma semana depois, o príncipe pediu ao seu mordomo que trouxesse ao castelo, para o cerimonial yakkinista, uma jovem de boa família.

"E se eu trouxesse minha esposa?", pensou Jaradgava. "É claro que não haveria nisso mal algum! Esses bons yakkinistas são inofensivos!

E murmurou cheio de ambição:

"Bela ideia! Com os presentes que Vitória receber do príncipe, estarei riquíssimo em pouco tempo!"

O ambicioso vaixá foi nesse mesmo dia a casa e disse à esposa:

— Vou levar-te ao castelo do príncipe de Maípola. Deverás, ao chegar, obedecer a tudo o que o príncipe determinar!

A jovem fitou com indizível espanto o seu terrível marido. Quem teria feito mudar de ideia aquele homem caprichoso e mau?

Jaradgava levou a esposa ao castelo e, na presença do príncipe, exclamou, como já fizera das outras vezes:

— Eis aqui a mulher que Vossa Alteza pediu!

O príncipe tomou-a pela mão, levou-a para o grande salão do castelo e, depois de ter fechado cuidadosamente a porta, assim falou:

— Bem vês, querida Vitória, que foi o teu próprio marido que para aqui te quis trazer! Estás desligada de teu juramento! Convenci-o de que ele devia consentir em nosso matrimônio!

E, ante o incalculável espanto da moça, o príncipe ajuntou:

— Fujamos depressa! Jaradgava pode arrepender-se de repente do ato de generosidade que acaba de praticar.

O príncipe abriu uma porta secreta que ficava no fundo do salão. Foi por essa porta que os dois namorados fugiram, sem que Jaradgava pudesse perceber.

Algumas horas depois, foi o rancoroso vaixá sabedor do logro em que havia caído. Era, porém, muito tarde para qualquer vingança. O príncipe e Vitória já estavam longe!

E ainda hoje, na Índia, os velhos brâmanes contam:

— Era uma vez uma moça chamada Vitória, que entrou por uma porta, saiu por outra e... acabou-se a história!

O mercador de sonhos

Entrei. No meio da pequena sala, mal iluminada, forrada de tapetes amarelos, avistei um homem alto, pálido, de barbas grisalhas, que se dirigiu para mim vagarosamente. Ostentava largo turbante de seda branca, onde cintilava uma pedra que não pude classificar. No seu semblante revia cansaço e esse não sei quê de misterioso notado em todos quantos mercadejam com a magia.

Era o famoso feiticeiro hindu. Os marroquinos do bairro, com aquela precisão com que o vulgo geralmente apelida os tipos populares, haviam-no denominado "o mercador de sonhos".

— Que desejas, ó jovem? — perguntou, fitando em mim os seus olhos negros e perspicazes.

— Afirmaram-me — respondi — que o senhor possui, graças a certos fluidos mágicos, o estranho poder oculto de fazer com que uma pessoa tenha o sonho que quiser. Sou curioso. Quero experimentar os encantos de sua magia, a força de seus fluidos maravilhosos. Quero sonhar!

— É verdade, ó muçulmano, é verdade — respondeu o mago indiano. — Tenho, realmente, esse dom raro e precioso de poder proporcionar às pessoas que me procuram todas as alegrias e os prazeres de um sonho desejado.

E, apontando para uma larga poltrona escura que estava a um canto, disse-me com gentileza:

— Senta-te e dize-me: com quem desejas sonhar? Que espécie de sonho mais te agrada, ó maometano?

Contei-lhe então o motivo único da minha visita àquele antro misterioso da magia negra.

— Antes de tudo — comecei —, devo dizer-lhe que sou um indivíduo excessivamente romântico e idealista. Sempre senti a forte atração das fantasias. Ultimamente, durante uma festa militar em Marrakech, conheci uma jovem cristã, filha de um francês de alta linhagem que exerce funções diplomáticas na corte do sultão. Apaixonei-me loucamente pela *roumie*,* mas não sei ainda se sou correspondido. Não obstante, desejo sonhar uma vez ao menos com a minha amada, um sonho claro e perfeito! Nesse sentido, já fiz o possível, mas os meus sonos povoam-se de imagens quase sempre desconexas, em meio das quais nunca vislumbrei a dona dos meus enlevos, a inspiradora do meu grande amor!

---

*Apelido que os árabes dão aos franceses.

— E qual é o nome dessa jovem ideal?— perguntou-me o feiticeiro.

— Susana de Plassy!

— Curioso — observou o famoso ocultista, passando vagarosamente a mão larga pela testa bronzeada —, muito curioso. Ontem, ao cair da tarde, fui procurado por uma jovem cristã que aqui apareceu acompanhada por uma escrava moura: a minha formosa visitante pediu-me que a fizesse sonhar com um dos oficiais da guarda do sultão, chamado Omar Ben-Riduan!

Ao ouvir semelhante revelação, um frêmito me percorreu o corpo todo e levantei-me como se fosse impelido por alguma possante mola de aço.

— Omar Ben-Riduan? Omar Ben-Riduan é o meu nome! Omar Ben-Riduan sou eu! Se ela pediu que a fizesse sonhar comigo, é certo que me ama também!

— Felicito-te, ó jovem — replicou o indiano, batendo-me, carinhoso, no ombro. — É muito raro ver-se uma formosa cristã apaixonada por um muçulmano. Bem sabe o abismo imenso que separa os adeptos de Maomé daqueles que professam a religião de Jesus!

Louco de alegria, atirei um punhado de ouro ao velho feiticeiro e corri para casa. Sentia-me alucinado como se estivesse sob a ação perturbadora de forte dose de haxixe.

Reuni alguns de meus mais íntimos, contei-lhes o que havia ocorrido e pedi-lhes que me ajudassem a encontrar uma solução para o meu caso sentimental.

El Hadj* Ben Cheref, homem sensato e muito relacionado na alta sociedade marroquina, disse-me, sem hesitar:

— Conheço muito bem o pai de tua apaixonada. É um cristão mau como um emir e mais orgulhoso do que um paxá. Detesta os árabes e jamais consentirá que sua filha se case com um muçulmano! Só vejo, portanto, uma solução: terás de raptar a jovem Susana! E isso só conseguirás com cumplicidade dela!

Seguindo os conselhos do prudente Ahmed, fiz, naquela mesma tarde, todos os preparativos para a minha fuga com a linda *roumie*. Passei a *fil-leile*** a conversar com os amigos sobre a minha singular aventura.

Já tarde da noite, chegou a minha casa, de volta, o portador que eu enviara ao rico palacete do nobre francês. Fui então informado de que Susana oito dias antes havia partido para a Europa, a fim de lá se casar com um fidalgo escocês.

Percebi, no mesmo instante, que fora vítima de uma vergonhosa mistificação do indiano.

Revoltado e furioso por causa do papel ridículo que havia feito, voltei novamente ao antro do intrujão, resolvido a tirar tremenda desforra.

O velho hindu — depois de atender a vários clientes que o esperavam — recebeu-me calmo, cínico, o semblante plácido de quem nunca praticara ação censurável.

---

*Título honroso que precede sempre o nome de todo muçulmano que já fez a peregrinação à Meca.
**Expressão intraduzível. Significa, mais ou menos, a parte da noite que se segue ao pôr do sol.

Gritei-lhe, ameaçando-o com o punho fechado:

— Miserável! Por que mentiu? Susana nunca veio aqui, a este antro nojento!

— Vamos devagar, meu jovem amigo — replicou o charlatão, imperturbável, segurando-me pela mão que o ameaçava. — Não fiz senão o que tu me pediste. Vi, casualmente, o teu nome gravado no cabo do rico punhal que trazes à cinta. Jogando facilmente com o teu nome, pude proporcionar-te o encanto de uma ilusão efêmera. Menti para que pudesses não somente sonhar com um amor impossível como também acreditar nele!

E concluiu, sardônico, terrível:

— Afinal, o que vieste buscar aqui? Não foi um sonho? Não foi uma ilusão? Pois bem, eis, precisamente, o que te vendi: um sonho... uma ilusão...

Homens extraordinários

(Do folclore turco)

Na gloriosa cidade de Bagdá — a pérola do Islã — vivia a jovem muçulmana Leilah, uma menina que, na opinião dos poetas de seu tempo, era mais linda e mais encantadora do que a quarta lua do mês de Ramadã.*

Raras vezes saía Leilah do grande serralho do pai, onde vivia como prisioneira, vigiada por eunucos impiedosos, de rostos macilentos e olhos empapuçados. Graças, porém, aos bons ofícios de uma velha intrigante — que a pretexto de negociar em véus se metia em todos os haréns —, a formosa menina

---

*Período do ano muçulmano durante o qual o jejum é obrigatório aos crentes do Islã. Este jejum só deve durar entre o nascer e o pôr do sol. Durante a noite de Ramadã, os muçulmanos costumam dar festas e banquetes.

travou relações com um jovem bagdali* chamado Chafick e com ele manteve constante e secreta correspondência.

O pai de Leilah, na ignorância completa das inclinações amorosas da filha, resolveu dá-la em casamento a um rico xeque chamado Hamed Khamil, homem generoso e nobre, que oferecera pela mão da graciosa menina um dote de vinte camelos e dez mil dinares.

Quando Leilah foi informada de que o pai, movido por descabida ambição, pretendia casá-la com outro homem — separando-a para sempre do seu apaixonado Chafick —, tamanho desespero a invadiu que chegou a desmaiar. Muitos dias passou fechada em seus aposentos, triste e abatida, sem subir ao terraço, em que à tarde galeava as suas graças para encanto de todos os olhares. Com o indispensável auxílio da ardilosa anciã, conseguiu a jovem encontrar-se, em rápida entrevista, com o seu namorado, a quem contou a desventura que os ameaçava se, na verdade, o Gênio da Separação, estendesse sobre eles a sua asa negra, partindo-lhes o laço de tão pura afeição.

Não vale a pena descrever o eloquente desespero do nosso herói bagdali ao saber que pretendiam atirar a sua Leilah para os braços de um muçulmano rico, velho amigo do cádi** e homem cheio de prestígio na corte do califa Harum al-Raschid.

— Que infeliz que sou! — exclamava o mancebo. — Como poderei arrancar-te impunemente das garras desse homem que tem o ouro e o poder nas mãos?

---

*Indivíduo natural de Bagdá.
**Governador. Juiz entre os muçulmanos.

— Não te preocupes com a minha sorte — disse-lhe, carinhosamente, a linda menina, procurando consolá-lo. — Nem tudo está perdido. Alá é grande! No dia do meu casamento fugirei da casa de meu marido e juntos iremos para onde ninguém nos possa encontrar.

Diante de tal promessa, acalmou-se o arrebatado Chafick, vendo desanuviar-se o seu sonho de amor, e esperou o dia em que Leilah devia desposar seu invencível rival.

Alguns meses depois, com a inexcedível pompa, realizou-se o brilhante casamento da formosa Leilah com o rico Hamed Khamil. O suntuoso palácio encheu-se de convivas, e tão grande foi a concorrência de amigos, parentes e admiradores, que a noiva, rodeada sempre pelas esposas e companheiros, não encontrou ensejo para a almejada fuga.

Já bem adiantada ia a noite, quando o último convidado deixou o palácio dos recém-casados. Hamed Khamil tomou delicadamente a esposa pela mão e conduziu-a a seus luxuosos aposentos; aí, pediu-lhe erguesse o véu e o deixasse ver, pela vez primeira, o rosto em que as graças se esmeraram em profusos dons.

Quando Leilah retirou o véu, Hamed Khamil ficou deslumbrado. Não poderia imaginar que a esposa fosse tão linda, tão sedutora. Louvado seja Alá, o exaltado, que soube reunir tantas graças em dois fúlgidos olhos, tanta beleza e harmonia na curvatura de dois lábios rubros.

Grande, porém, foi a surpresa do rico Khamil quando notou que Leilah parecia muito triste e dominada por infinito desgosto. E como no peito se lhe acendesse, desde logo, grande paixão pela jovem, ficou apreensivo por vê-la tão acabrunhada, e perguntou-lhe:

— Por que estás tão pesarosa? Não foi por tua vontade que casaste comigo? Vamos; conta-me, ó flor do Islã, o motivo da mágoa que de tão quentes lágrimas enche os teus lindos olhos!

Leilah, sem poder já reprimir os seus sentimentos, contou àquele que acabava de se tornar seu esposo toda a verdade sobre o seu antigo namoro e relatou-lhe, minuciosamente, a combinação estranha que fizera com seu apaixonado para fugir daquela casa no próprio dia das núpcias.

— Desgraçadamente, porém — soluçava a jovem —, não me foi possível efetuar qualquer plano de fuga, e vou, por isso, deixar de cumprir a palavra que dei ao noivo do meu coração.

— Pelo manto do Profeta! — replicou o marido. — Não seja isto motivo para tão grande mágoa. Não quero servir de empecilho à realização de teus projetos e não posso obrigar-te a quebrar um juramento. Já que prometeste, vais cumprir fielmente a tua louca promessa!

E o rico Khamil, com grande serenidade, tomou novamente pela mão a sua linda esposa, levou-a através de longos corredores até a porta que dava saída para um lanço deserto da rua e disse-lhe delicadamente:

— És livre, completamente livre, ó filha de meu tio!* Podes partir. Irás para a companhia de teu namorado e com

---

*O árabe denomina a própria esposa de "filha de meu tio".

ele poderás ficar o tempo que quiseres. Se algum dia te arrependeres do passo que hoje dás, poderás voltar sem receio para a minha companhia, pois és, pela vontade de Alá, a minha esposa legítima e inspira-me grande e puro amor!

A jovem Leilah mal podia disfarçar o espanto que a dominava. Custava-lhe a acreditar na sinceridade do marido. A princípio julgou que o nobre Khamil estivesse a gracejar. Depressa, porém, se convenceu de que o rico xeque nunca falara tão sério e lhe concedia estranha e inteira liberdade, permitindo que ela fosse naquela mesma noite para onde muito bem lhe aprouvesse.

Depois de agradecer a generosidade do esposo, a insensata Leilah partiu apressada pela rua escura e silenciosa, no fim da qual ficava a casa do namorado.

Diz, porém, um velho provérbio árabe, que tem passado de geração em geração através dos séculos: "A imprudência é irmã do arrependimento."

Mal a jovem se havia afastado da casa do marido, foi surpreendida por audacioso ladrão, que, oculto num vão de muro, esperava certamente pelo momento propício a algum ataque.

"Pelas barbas de Omar!", murmurou o beduíno. "Parece-me que vejo ali, sozinha, sem guardas nem escravos, uma mulher ricamente trajada! Se não me iludo, ela traz muitas joias! Positivamente, estou hoje muito feliz!"

E o ladrão, que era um desses nômades perigosos do deserto, surgindo pela frente de Leilah, intimou-a a parar imediatamente e, ameaçando-a com um punhal, ia despojá-la das ricas joias de noivado quando notou que a mulher que assaltava era uma encantadora menina, linda como uma das quarenta mil houris que povoam o céu de Alá!

"Que ventura a minha", pensou o ousado beduíno. "Encontrar uma formosa donzela coberta de preciosos adornos! Vou raptá-la e levá-la sem perda de tempo para a minha tenda no deserto."

Veio-lhe, entretanto, o desejo de saber por que motivo se encontrava aquela deidade perdida em hora tão tardia, a caminhar sozinha pelas ruas mais perigosas da cidade.

Interrogada pelo ladrão, a jovem contou-lhe o que havia ocorrido, o seu plano de fuga, o seu desespero, repetindo-lhe finalmente as palavras de seu generoso marido.

— Mac'Alá! — exclamou o ladrão. — Posso garantir-lhe que o teu marido é um homem extraordinário! Não é possível admitir-se que haja no mundo outro filho de Adão capaz de proceder do mesmo modo na noite do casamento!

Depois de pequena pausa, o beduíno ajuntou:

— Eu, porém, quero mostrar-te que sou um homem ainda mais extraordinário do que o teu marido. E tanto assim que, podendo despojar-te de tuas riquíssimas joias e podendo igualmente raptar-te, levando-te para a minha tenda, vou conduzir-te com toda segurança até a casa de teu namorado. Não quero que continues sozinha o teu percurso, pois algum outro ladrão poderia fazer-te grande mal!

E isto dizendo, o ladrão acompanhou a jovem até a casa de Chafick, só desaparecendo depois de a ter visto entrar na residência do namorado.

Seria difícil, se não impossível, descrever todas as mostras de alegria, todo o arrebatamento do apaixonado Chafick ao ver chegar a sua amada, em exato cumprimento de tão bela promessa de amor.

— Louvado seja Alá, o clemente — exclamou, abraçando a jovem —, conseguiste, enfim, iludir o teu ciumento marido? Conta-me tudo o que se passou, pois estou ansioso por conhecer as peripécias de tua fuga!

— Muito te enganas, ó Chafick! — respondeu a jovem. — Não iludi meu marido e não seria possível ludibriar um homem tão generoso e inteligente. Se aqui vim ter a esta hora, foi unicamente porque ele próprio assim o quis!

E a encantadora Leilah relatou ao namorado tudo o que se passara, repetindo-lhe fielmente as palavras do marido e narrando-lhe também, sem nada ocultar, a singular aventura ocorrida com o beduíno ladrão que a surpreendera sozinha em rua deserta e escura.

— Quero crer, minha querida, que o teu marido é um homem extraordinário — disse Chafick. — Certo estou de que não haverá no mundo de Alá outro noivo que proceda como ele procedeu! É evidente, porém, que o ladrão que encontraste casualmente no caminho é ainda mais extraordinário do que o teu marido! Eu quero, entretanto, provar que sou um homem mil vezes mais extraordinário do que ambos!

E como a jovem o fitasse surpreendida, sem compreender o sentido de tais palavras, Chafick prosseguiu:

— Bem sabes quanto te amo. Bem conheces a ansiedade com que, há mais de dois anos, eu contava os dias à espera deste dia venturoso! Bem podes avaliar o meu tormento, vendo-te casada com outro! Pois bem: apesar de tudo, vou levar-te agora mesmo à casa de teu marido e entregar-te àquele meu odiento rival!

E isto dizendo, tomou-a nos braços fortes e, carregando-a como a uma criança, encaminhou-se pela rua extensa que ia ter ao palácio do rico xeque Hamed Khamil.

A vingança do xeque

Depois de recompor, com graciosos ademanes de mulher formosa, o véu que lhe cobria o rosto — em cujas linhas Alá se esmerara! —, a inteligente Fátima, filha de Naam, iniciou o seguinte relato:

— Naquele dia festejava-se, em Taif, o nascimento do Profeta (sobre ele a paz do Onipotente!). Ao cair da tarde, tendo obtido o consentimento de meu pai, saí com as três esposas de meu tio Farid para um passeio ao cemitério da cidade.

Ao entrar na praça de Arish, avistei um grupo de saltimbancos que, com macacos e ursos ensinados, divertiam a curiosidade popular a troco de pequenos óbulos. Para melhor apreciar o espetáculo, retardei um pouco o passo; isso fez com que, sem querer, me distanciasse de minhas apressadas tias, a quem nenhum interesse despertaram os trejeitos e proezas dos curiosos animais.

Quando dei acordo de mim, vi-me rodeada de beduínos e aventureiros da pior casta, que me dirigiam ditos galhofeiros e atrevidos.

— Formosa huri — dizia um —, quem procuras tão aflita? Queira Alá que eu seja um dia o objeto único das tuas pesquisas!

— Lua de Ramadã! — balbuciava outro —, levanta o teu véu e dá-me a infinita alegria de apreciar, por um momento, a luz inebriante de teu rosto divino!

Com receio de que aqueles homens, sem pátria e sem família, me quisessem fazer algum mal, fugi a correr e, transviada pelo temor, entrei por uma rua que não conhecia.

Não me foi difícil perceber que alguém me seguia e, quando a fadiga me forçou a parar, achei-me perto de uma fonte e, ainda mal refeita do susto, reconheci na pessoa que me acompanhara durante a fuga precipitada uma anciã muito magra, pobremente vestida, o rosto descoberto, que fitava em mim um par de olhos bondosos e tranquilos.

— Minha filha — disse, tomando-me carinhosamente a mão entre as suas —, pelo que vejo, estás perdida na cidade. Se precisas de auxílio, como o creio, ocupa-me sem constrangimento. Porei todo empenho em levar-te ao harém de teu esposo.

— Não tenho esposo — respondi. — Sou solteira e moro no bairro de Thoran, no serralho de meu pai, que, por certo, ficará desesperado quando souber do meu desaparecimento.

— É preciso prudência, minha filha. Hoje é dia de grandes folguedos e festas populares. As praças andam aí cheias de beduínos, mercadores de escravos e ladrões do deserto... Somos forçadas a atravessar a multidão e não poderemos fazê-lo sem grandes riscos. O melhor é levar-te eu para minha casa, onde ficarás em segurança até que teu pai venha buscar-te!

Concordei com o alvitre, por parecer-me prudente, e segui minha protetora, que me levou através de uma série de ruelas, sujas e escuras, até a casa em que morava.

Aí chegando, deu-me de beber um pouco de leite de camela, ofereceu-me doces, tâmaras, fatias de pão e disse-me:

— Ficarás aqui sossegada, enquanto vou a tua casa avisar o xeque Omar Naam e pedir-lhe que te mande buscar. — E isto dizendo, saiu apressadamente, deixando-me sozinha num aposento escuro e triste.

Pouco depois, aventurei-me a ganhar o varandim da casa, e aí, quando olhava descuidosa para a rua deserta e miserável, vi um velho mercador persa. Esse muçulmano, ao dar comigo ali, mostrou-se muito admirado e perguntou-me:

— Por que não foges agora, menina, antes que a velha Zaira resolva vender-te?

— Vender-me? — exclamei. — Quem seria capaz de praticar semelhante infâmia?

E, depois de me prestar outros terríveis esclarecimentos acerca de minha situação, exortou-me o bom mercador a que não deixasse escapar o ensejo que se me oferecia de recuperar a liberdade, fugindo a um perigo que poderia aniquilar-me a existência.

Cheia de gratidão pela preciosa e espontânea advertência, narrei-lhe o que me sucedera desde a minha saída de casa até minha permanência ali.

— Estás sendo iludida pela tua falsa protetora, ó flor do Islã! — volveu o mercador. — A dona da casa em que estás é uma indigna mercadora de escravas. Raro é o dia em que não consegue raptar uma donzela para vender aos beduínos ricos do deserto! Moro aqui perto e conheço-lhe bem o execrando ofício. Tanto é assim que, ao passar, julguei seres a mesma jovem que vira, ainda ontem, nas garras dessa megera!

— Que devo então fazer, ó mercador? — indaguei horrorizada, a chorar. — Como fugir aos tentáculos dessa hedionda criatura?

— Se te inspirei alguma confiança, vem comigo. Posso levar-te, agora mesmo, ao palácio de teu pai.

Sem hesitar um momento, envolvi o rosto no haique, saltei à rua e, em companhia do meu novo protetor, afastei-me, cheia de ânsias e temores, daquele antro sinistro.

O persa — que eu soube mais tarde chamar-se Dharih — levou-me apressadamente a uma grande praça, onde já havia muitos outros mercadores, que palestravam animados e não deram atenção a nossa chegada. Aí alugou um grande camelo já equipado, fez-me subir no rico palanquim que o animal conduzia às costas e, ao partirmos, disse-me:

— Desejo que faças, sem fadiga, a jornada, pois, não convindo que atravessemos agora a cidade, contornaremos o caminho seguindo pela estrada de Zaimeh.

Com a monotonia da viagem e vencida por tantos temores e canseiras, adormeci ao suave balanço do palanquim. Quando acordei, achava-me deitada num rico divã, no interior de uma dessas grandes e confortáveis tendas do deserto. Junto a mim, sentado sobre uma almofada de seda, estava um jovem xeque, ricamente trajado.

— Formosa filha de Alá — disse-me, quando me viu descerrar as pálpebras. — O velho Dharih, o mercador, trouxete à minha tenda. Conta-me a tua aventura, pois estou ansioso por saber quem és e como aqui vieste parar.

Referi-lhe, sem nada ocultar-lhe (e não há necessidade de repetir), tudo quanto me havia ocorrido, procurando exaltar a proteção desinteressada e nobre que me dispensara o mercador persa.

Sabedor do que se passara comigo e das mistificações de que eu fora vítima, o xeque ergueu-se repentinamente e exclamou, tomado de vivo rancor:

— Miserável! Cão filho de cão!

Mandou que viessem à sua presença várias pessoas (entre as quais reconheci o mercador Dharih), e disse-lhes em tom peremptório:

— Declaro que resolvi dar esta tenda e tudo o que nela se acha ao bom Nazuk, meu escravo mais velho, a quem concedo, neste momento, inteira liberdade!

Essa declaração causou entre os circunstantes, quase todos amigos do xeque, indescritível espanto.

Julgaram alguns que Zafir Boghassen Doran (assim se chamava o dono da tenda) houvesse enlouquecido repentinamente, pois nada poderia justificar tamanho despautério.

O humilde servo que recebera o rico presente do xeque, ajoelhando, beijou, cheio de gratidão, os pés de seu antigo amo e senhor.

Quanto a mim, observava, com grande espanto, aquela cena, sem nada compreender do que se passava diante dos meus olhos.

O xeque Zafir e seus amigos retiraram-se. Fiquei só. Tive vontade de chamar o mercador Dharih e perguntar-lhe por que me havia trazido para aquela tenda. Quem seria, afinal, aquele xeque tão generoso? Por que estranha razão, depois de ouvir a minha narrativa, se desfizera, rancorosamente, da rica tenda que possuía?

Achava-me absorta em desencontrados pensamentos quando ouvi um grito angustioso partido do aposento contíguo; ergui-me lentamente e, erguendo a ponta de um pesado tapete, procurei observar o que havia.

Deparou-se-me, então, um quadro pavoroso: o xeque Zafir tinha numa das mãos um pesado alfanje, tinto de sangue, e com a outra levantava pelos cabelos a cabeça do velho mercador persa, que ele próprio acabara de justiçar!

— Xeque — gritei horrorizada, segurando-o pelo braço.

— Que fizeste! Mataste covardemente o meu bom amigo e protetor!

— Protetor! — exclamou o jovem Zafir, com serenidade que eu supunha impossível, naquele momento, ao seu ânimo. — Estás enganada, minha filha. Este homem não passava de um miserável mercador de escravos. Iludiu-te com falsas palavras e trouxe-te para a minha tenda. Aqui chegado, propôs-me a tua venda por preço exorbitante, ao que acedi sem discutir. Ao ouvir, porém, a tua narrativa, soube que eras filha de um grande amigo meu. Resolvi, sem mais hesitar, vingar a ofensa feita ao generoso Omar Naam, matando sem piedade o miserável que lhe havia raptado a filha. Nada me era, entretanto, permitido fazer contra o maldito, pois, estando sob minha tenda, era meu hóspede, contra quem nenhum desagravo seria possível. Para realizar livremente a minha vingança, vi-me na obrigação de desfazer-me desta adorável tenda, que ora pertence ao meu dedicado Nazuk! Logo que a tenda deixou de ser minha, este infame vendedor de escravas deixou também de ser meu hóspede! Do contrário ele permaneceria aqui, indignamente, sob minha proteção, até que saísse à cata de outras vítimas.

Alá, o clemente e piedoso, se compadeça do infeliz Dharih que me levou — pela força invencível do destino — àquele que viria a ser meu marido e que é hoje todo o meu amor!

A luz do gueto

(Do folclore judaico)

O violento temporal que, naquela tarde de junho, caiu sobre a cidade israelita de Rhamat-Gan apanhou-me quando regressava de uma visita a um sábio *malamed*,* velho amigo de meu pai. Acossado em plena rua pelas bátegas constantes, procurei refúgio em lugar menos desabrigado e entrei, sem hesitar, na sala do *Bet-hamedrach*,** onde horas antes estivera ouvindo o bom rabi Irmael discorrer, com profunda erudição, sobre um trecho controverso do *Michná*.***

---

*Professor.
**Casa de orações.
***Uma das partes do Talmude.

No *Bet-hamedrach* achavam-se ainda, detidos pela chuva, vários amigos e condiscípulos, dois *ichiviniks* estudiosos e um velho traficante que eu vira, dias atrás, em companhia de um gói rico de Beirute.

Dos que se encontravam na grande sala de orações, nenhum deu tanto pela minha chegada; estavam todos absortos a ouvir o facundo rabi Meir, que conversava com rabi Eliu:

— Certo estou de que tendes razão, meu amigo. Os sábios que colaboraram no Talmude deixaram entrever claramente, nos seus preciosos escritos, a preocupação constante de exaltar a inteligência dos judeus, colocando os eleitos de Jeová em forte superioridade sobre os demais povos da terra.

— E acreditais, ó mestre — ponderou rabi Meir —, que somos realmente possuidores de uma argúcia invejável?

Rabi Meir, depois de alisar vagarosamente com a mão escarnada a longa barba branca que lhe cobria o peito, respondeu:

— Pelo menos no povo judeu encontra-se, tanto na gente humilde como nas classes ricas, parcela igual de inteligência, ao passo que nos outros povos as grandes faculdades intelectuais estão, por via de regra, centralizadas nos indivíduos de posição elevada.

Levantou-se rabi Meir e, depois de acender uma vela que se achava sobre a mesa, voltou-se para junto dos companheiros e assim falou:

— Como prova da minha asserção, vou contar-lhes como um simples carpinteiro judeu, homem paupérrimo que vivia no gueto de Viena, conseguiu resolver um problema considerado insolúvel pelos maiores sábios da corte do famoso imperador Francisco José, da Áustria.

Ficamos todos curiosos pela narrativa; era para nós sempre agradável ouvir uma dessas histórias, cheias de belos ensinamentos e encantadoras lendas, que no *Bet-hemedrach* vêm amenizar a aridez das longas discussões talmúdicas.

— Uma noite — começou o rabi —, como aliás costumava fazer frequentemente, o imperador Francisco José saiu sozinho de seu palácio e foi passear incógnito pelas ruas desertas de Viena, a fim de observar pessoalmente os costumes de seu povo. Ao regressar ao palácio, notou o monarca uma luzinha acesa no meio da imensa escuridão do casario. "Quem estará de vigília por esta hora tão avançada da noite?", pensou o rei. "Algum enfermo atormentado pelas angústias de prolongados sofrimentos? Um infame criminoso insone tentando afugentar as sombras negras do remorso? Ou, quem sabe, um sábio, estudioso dos grandes problemas da vida, para os quais os dias são demasiado curtos, e que prossegue pela noite adentro suas intermináveis pesquisas?"

E, interessado naquele mistério, resolveu o imperador desvendá-lo. Procurando alcançar o ponto luminoso que o atraía, foi ter, depois de percorrer várias ruas tortuosas, às portas do gueto de Viena. Encostados a um marco de pedra, junto às correntes, os guardas que zelavam pela segurança do bairro israelita dormiam descuidosos. O quarteirão judaico estava imerso em profundo silêncio, como se temesse despertar a cristandade adormecida na capital austríaca; o *Bet-hamedrach*, o *Kheder* se fecharam, e só no *Schil* ardiam as velas sagradas da comemoração dos mortos. De quelha em quelha, depois de percorrer o labirinto do gueto, foi ter o rei à casa humilde onde brilhava a luz que lhe atraíra a atenção. Pela porta entreaberta vinha do interior da estranha morada um ruído descompassado e persistente que impressionou profundamente o monarca.

"Aqui há mistério", murmurou o rei. "Vive nesta casa algum rabino teimoso que cultiva, em segredo, a terrível Cabala! Vejamos o que vai afinal por este antro da magia negra!"

Resoluto, empurrou o rei a porta e parou estupefato ante o espetáculo que se lhe deparou. Encostado a uma banca rústica de trabalho, um carpinteiro jovial cantarolava uma canção alegre enquanto aplainava um pedaço de madeira. Ao entrar, o visitante exclamou, interrompendo o trabalho:

— Louvado seja Deus que vos trouxe à minha casa! Que a paz do Senhor seja convosco!

E, sem reconhecer no inesperado hóspede o poderoso soberano austríaco, o carpinteiro perguntou-lhe:

— Que boa estrela vos trouxe até aqui?

Respondeu-lhe Francisco José:

— Enganei-me nas ruas e, andando a esmo no escuro, vim ter ao gueto. Vendo a tua casa iluminada, e aberta a porta, tomei a liberdade de entrar!

— Bem vejo que sois estrangeiro — replicou o judeu. — Ofereço-me, portanto, para conduzir-vos de volta, pois me gabo de conhecer como a palma desta mão todas as ruas do gueto e por elas posso ser guia seguro a qualquer hora.

Pediu-lhe, porém, o rei que não interrompesse o que fazia, por entender, com boas razões, que estaria premido por graves circunstâncias quem assim invertia a ordem natural das coisas, entregando-se, em horas mortas, a tão exaustivo mister.

— Se trabalho à noite — respondeu-lhe o carpinteiro — é porque não me bastam as horas do dia! — E concluiu:

— São muitas as obrigações que tenho, e hei de satisfazê-las todas...

— E quanto ganhas por todo esse trabalho? — perguntou o imperador. — Julgo que terás um belo salário!

— Ganho duas coroas por dia! — informou o israelita.

— Bem sei que é magra a quantia, mas chega perfeitamente para prover todos os meus compromissos.

— Duas coroas! — exclamou o rei. — É positivamente ridículo! E como consegues tu viver com tão insignificante ganho? Quais são os compromissos que tens?

— Essas duas coroas — tornou o carpinteiro — são suficientes para os gastos do presente, pagamento de minhas dívidas atrasadas e garantia do meu futuro!

Pasmou o soberano ao ouvir tal resposta.

Era incrível! Como podia um homem com tão pouco dinheiro atender a tantas despesas?

— Permita-me que não creia nesse prodígio econômico — disse-lhe, a gracejar, o rei.

— Não há nisso prodígio algum, ó amigo! — replicou o judeu. — Mantenho a mim e à família, logo tenho dinheiro para os gastos do presente; saldo as minhas dívidas atrasadas, porque tenho a meu cargo a subsistência dos meus velhos pais que me criaram; e garanto o futuro porque educo o meu filho, que será o meu amparo quando eu não mais puder empunhar esta plaina e a velhice vier botar-me imprestável.

Sorriu o rei ao ouvir tão engenhosa resposta e, depois de meditar um instante, assim falou:

— Escuta, meu amigo. Devo dizer-te, antes de tudo, que sou o imperador Francisco José. Estou sinceramente encantado com a sábia resposta que acabas de proferir, e a facilidade com que vives uma vida que me parecera tão difícil. E, como quero recompensar-te por teu amor ao trabalho e honradez, vou dar-te, como prêmio, cinquenta ducados de ouro. Essas moedas contêm todas a minha efígie!

E, entregando o precioso pecúlio ao judeu, o monarca continuou:

— Exijo, porém, que não ensines a mais ninguém a solução curiosa do problema da tua vida. Se me desobedeceres, virei buscar-te o pescoço. E a minha forca não perdoa!

Caiu o judeu de joelhos agradecendo a valiosa dádiva e suplicando para o grande soberano todas as bênçãos do céu. Em seguida, acompanhou-o até às portas do gueto.

— *Scholem Alekhem!*

★ ★ ★

Por esse tempo tinha o imperador Francisco José um ministro muito presunçoso, que se dizia capaz de solucionar qualquer questão que lhe fosse proposta. Resolveu, pois, castigar o vaidoso nobre, dando-o à irrisão do povo cuja admiração granjeara dizendo-se o maior sábio do mundo.

No dia seguinte, o rei mandou chamá-lo e, na presença dos cortesãos e fidalgos, disse-lhe:

— Se és, na verdade, como constantemente apregoas, um grande sábio, vais responder-me à seguinte pergunta: como pode um homem, chefe de não pequena família, com duas coroas por dia, sustentar o presente, pagar as dívidas atrasadas e economizar para o futuro?

— Majestade — respondeu o ministro, sorrindo orgulhoso —, isso é impossível! Com tal quantia mal pode um homem, por mais econômico e modesto que seja, sustentar mulher e filhos!

— Garanto-te que estás enganado — replicou o soberano. — O caso é perfeitamente possível, e vou conceder-te o prazo de três dias para dares-lhe explicação. Se, ao fim desse prazo, não me apresentares uma solução satisfatória, ficará publicamente provada a tua ignorância e a tua desmedida presunção.

Retirou-se o ministro acabrunhado e, por mais que meditasse sobre o problema, consultasse os alfarrábios e ouvisse os mais acatados economistas de Viena, nada conseguiu adiantar.

A seu ver, com tão pouco dinheiro não poderia um mísero mortal fazer face a tanta despesa: sustentar o presente, pagar as dívidas atrasadas e economizar para o futuro!

A última noite do prazo estava a findar-se e o orgulhoso ministro ainda vagava desesperado pelas ruas da capital austríaca, sem atinar com a solução do intrincado problema, quando avistou no gueto a mesma luzinha que dias antes atraíra a atenção do rei.

"Uma luz?", murmurou o ministro. "Só um sábio ou um rabino estudioso seria capaz de ficar acordado até tão tarde. Quem sabe se ele poderá ajudar-me nesta dependura? Além do mais, os judeus são mestres em questões financeiras!

Grande foi, porém, a desilusão do nobre cristão quando verificou que a misteriosa luz iluminava, apenas, a banca humilde de um carpinteiro. Contudo, em desespero de causa, apresentou-lhe o problema que o atormentava.

Respondeu o judeu:

— A solução que procuras sei dá-la eu, mas não posso fazê-lo sem arriscar a vida!

— Dize-me — ajuntou o fidalgo — e eu te darei dez ducados!

— Não posso!

— Cem ducados?

— Não posso!

— Mil ducados! Dou-lhe mil ducados por essa famosa solução!

Não conseguiu o pobre judeu resistir à tentação e aceitou a oferta do ministro.

No dia seguinte, à hora da audiência, o vaidoso fidalgo

comparecei diante do rei e, sem a menor hesitação, apresentou-lhe a forma admirável de solucionar o problema.

O soberano percebeu, imediatamente, que havia sido traído. Ordenou, pois, trouxessem o carpinteiro israelita à sua presença.

— Súdito infiel! — exclamou o rei furioso. — Ousaste desobedecer-me e vais pagar com a vida o teu louco atrevimento!

— Senhor! — balbuciou o judeu, ajoelhando-se humilde diante do monarca. — Confesso-me culpado e merecedor do castigo de morte. Devo dizer-vos, porém, que só arrisquei a vida para ter a satisfação infinita de admirar mil vezes a vossa adorada efígie!

Riu o velho soberano ao ouvir a inteligente resposta do judeu e deliberou perdoá-lo, dando-lhe ainda como recompensa outros mil ducados de ouro.

O marido alugado

Rachid Biram, riquíssimo negociante de joias e sedas, procurou-me um dia, muito aflito, em minha tenda. A sua situação era delicada e, na verdade, bem difícil. No dia imediato, antes do nascer do sol, devia partir com uma grande caravana de mercadores damascenos para a feira de Hail. Queria, porém, antes de seguir, casar-se outra vez com a encantadora Naziha, sua ex-esposa, que ele dias antes, num momento de rancor, levado pelo ciúme, havia repudiado segundo a fórmula sagrada.

— Conheço, aqui em Kufa — disse-lhe, sem hesitar —, um certo Musa ben-Davud, que se aluga para marido. Por que não o procuras? Deves obter hoje mesmo um marido "desligador"!

Antes de prosseguir, devo um esclarecimento aos leitores que ainda não percorreram, ao passo lento das caravanas, os intermináveis desertos da Arábia.

Segundo as instituições muçulmanas, quando um marido repudia a esposa uma ou duas vezes, pode recuperá-la, sem mais formalidades, ao fim de três meses e dez dias; quando, porém, o repúdio é feito pela terceira vez, ou mediante a fórmula "Eu te repudio três vezes", o casamento está definitivamente rompido e o ex-marido não pode contrair novo casamento com essa mesma mulher, senão depois de se ter ela casado com outro homem e por este ser igualmente repudiada!

Tal exigência do Alcorão — perfeitamente justificável em teoria — é, na prática, uma fonte fecunda de situações cômicas e extravagantes, pois muitas vezes um marido, desejoso de reatar relações com a esposa que repudiou impensadamente, prepara para ela a cerimônia do casamento com um "marido alugado". Homens há que se prestam, mediante boa remuneração, a desempenhar o papel de marido "desligador" — preenchendo as formalidades de um casamento que dura, às vezes, pouco mais de uma hora.

Musa ben-Davud era um dos tais que se alugavam para marido. Era provável, pois, que servisse ao rico Rachid Biram.

— Já o procurei — replicou. — Ofereci-lhe uma boa recompensa, mas ele não a aceitou.

— Por Alá! — exclamou. — Não é possível! Musa sempre se prestou ao ignóbil papel de marido alugado e não será, portanto, capaz de recusar uma oferta dessa ordem.

Montei a cavalo e, acompanhado de um guia, dirigi-me no mesmo instante para a tenda do marido mercenário.

Encontrei sentado à porta um velho de longas barbas brancas. Era o pai de Musa.

— *Naharak saíd, ya qhawaja!* — saudei-o ao chegar. — Onde está Musa, ó Davud?

— Partiu há pouco para o deserto de Hajar — respondeu-me o ancião — e só voltará depois da outra lua!

— Sabes, ó xeque — perguntei —, por que motivo Musa não quis servir de "marido desligador" ao rico Biram?

— Sei, *sahheb* — respondeu-me. — Meu filho, quando ainda muito jovem, conheceu Naziha e apaixonou-se por ela. E bem sabes que um homem digno não pode fazer com a mulher amada o papel de marido alugado!

— *Uallah!* — exclamei. — Ridícula desculpa! Um homem que exerce a degradante profissão de teu filho não pode ter semelhantes escrúpulos! A formosa Naziha conhece-o bem e deve achá-lo desprezível.

— Por Maomé! — exclamou o velho, erguendo-se colérico. — És um covarde! Procuras ofender meu pobre filho quando sabes que já não tenho forças para repelir os teus insultos! Queira Alá que sejas castigado como mereces, pois o castigo de Deus está mais perto do pecador do que as pálpebras o estão dos olhos!

E o eco dessa praga terrível acompanhou-me os passos pelo deserto.

★ ★ ★

Nesse mesmo dia, ao cair da tarde, achava-me sentado à porta de minha tenda, meditando sobre o caso de Musa ben-Davud, quando de mim se acercou uma jovem, completamente velada, que se fazia acompanhar de duas escravas.

Saudei-a respeitosamente e perguntei-lhe o que de mim desejava.

Respondeu-me com voz terna e maviosa:

— Que Alá te cubra de dons, ó jovem. Disseram-me agora, em minha casa, que estava de passagem por esta cidade com uma caravana de mercadores do Cairo e de Damasco, e que hoje mesmo partirás para Bagdá e daí para Basra. Quero comprar alguns vestidos, peças de adorno e joias.

E, enquanto falava, a jovem foi pouco a pouco erguendo seu espesso véu, deixando descoberto o pequenino rosto, em cujas linhas o Divino Artista fizera aparecer os mil segredos da sedução. Fiquei deslumbrado! Exaltado seja Alá, o Único, que soube reunir tanta beleza no olhar a tanto encanto no sorriso de uma mulher formosa!

Seduzido pela incomparável beleza da jovem desconhecida, prontifiquei-me a mostrar-lhe no mesmo instante todos os ricos artigos que levava: sedas, vestidos, tapetes, casemiras da Índia, colares, cafetã de veludo, telas riquíssimas do Hindustão, véus bordados a ouro, sapatos da Pérsia, peles do Cáucaso e mil outras coisas igualmente preciosas e deslumbrantes.

Duas horas ficou a jovem em minha tenda a examinar e escolher os objetos que pretendia comprar. Durante todo esse tempo, Zaíra — assim se chamava a linda muçulmana — falou-me de sua vida no harém, de seus pais, que eram ricos e viviam num grande serralho junto ao Eufrates.

— Zaíra — disse-lhe, de repente, tomando-lhe as mãos entre as minhas —, devo partir amanhã para Bagdá. Confesso-te, porém, que estou loucamente apaixonado por ti! Queres casar comigo?

Com um sorriso encantador, que por timidez parecia procurar refúgio nas covinhas das faces, ela assim me respondeu:

— Ó jovem tão bem-dotado! Teu pedido traz grande alegria ao meu coração! As tuas palavras, como o vento no deserto, erguem bem alto a areia ardente dos meus desejos! Quero ser tua esposa e acompanhar-te pelo mundo na tua vida aventureira e incerta de mercador!

E, como não houvesse tempo a perder, ficou resolvido que o casamento se faria imediatamente.

Uma hora depois, no grande salão do palácio em que morava Zaíra, realizou-se o casamento segundo os preceitos muçulmanos, na presença do cádi e das testemunhas.

Terminada a cerimônia, deixei rapidamente o salão e fui falar com alguns amigos e empregados que me tinham acompanhado.

Quando voltei para junto dos convidados, aguardava-me a mais dolorosa das surpresas. Fui encontrar minha esposa em um canto do salão, reclinada sobre um rico divã que um largo reposteiro ocultava; estava abraçada a um jovem, que a beijava apaixonadamente nos olhos e na boca.

— Ó falsa criatura! — exclamei, tomado de grande furor.

— Ainda não há uma hora que nos casamos e já tens um amante! Longe de mim, mulher indigna, filha de Cheitan!

E, revoltado com o procedimento da vil Zaíra, gritei, cheio de cólera, a fórmula definitiva do divórcio:

— De ti me divorcio três vezes!

Ao ouvir tais palavras, ergueu-se a jovem e com voz calma, irônica, disse-me:

— Julgas então que eu tenho um amante? És um tolo, um insensato! Olha! Olha bem! Este "jovem" que me abraçava e beijava é a minha boa escrava Zobeida, que fiz vestir com trajes masculinos! Foste completamente ludibriado e estou de ti para sempre divorciada!

Foi com espanto que percebi o engano que cometera num momento em que o ciúme e a paixão me haviam tornado cego. A pessoa que estava com Zaíra era realmente uma escrava disfarçada com os cabelos cortados e vestida à maneira dos homens.

— Zaíra! — exclamei. — Não sei como explicar o teu estranho proceder. Se não querias ser minha esposa, por que aceitaste o meu pedido de casamento?

— Devo-te uma explicação, ó muçulmano — replicou a jovem. — Há dois meses, mais ou menos, meu marido Salim Hamed, num momento de exaltação, divorciou-se de mim, pronunciando três vezes a fórmula sagrada do divórcio. Ontem, porém, procurou-me e propôs a reconciliação e um novo casamento. Infelizmente, segundo as nossas leis, eu não podia casar com ele sem ter casado antes com outro homem que me repudiasse. Na falta de um "desligador" de confiança, resolvi lançar mão de um estratagema. Casei contigo e procurei dar-te um pretexto, embora falso, para que me rejeitasses imediatamente. Agora sim posso casar com Salim Hamed!

E, voltando-me as costas, deixou-me estupefato diante do cádi e das testemunhas que se riam de mim.

Eu havia feito, sem querer, o ridículo e ignóbil papel de marido desligador!

O castigo de Deus está, realmente, mais perto do pecador do que as pálpebras o estão dos olhos!

O perfume indiano

Quando eu fazia, há quinze anos, longas viagens pelo interior da Síria, negociando joias e objetos de arte, tive ocasião de conquistar a amizade de um velho canadense chamado Jack Smith, que se achava — diziam — foragido em Damasco.

Certa noite — lembro-me bem —, noite triste e chuvosa de maio, convidei o meu amigo cristão para ir ao meu quarto, no Kiswah Hotel, pois pretendia mostrar-lhe uma bela coleção de pérolas orientais que então possuía. Mas, ao entrar nos meus aposentos, o velho Jack empalideceu de repente, como se tivesse sido vítima de um mal inesperado.

— É extraordinário! É incrível! — exclamou. — Que perfume é aquele? Como veio ele parar aqui?

E apontou com a mão trêmula e hesitante para um frasco esguio, avermelhado, de finíssimo extrato indiano, que se achava sobre a minha mesa, junto a um exemplar raro do Alcorão.

— Comprei-o hoje — respondi. — É um perfume esquisito e de subido valor. Sou bom conhecedor do artigo.

— Pois, meu amigo — ajuntou o canadense —, foi um perfume da Índia, semelhante àquele, que me induziu a praticar os maiores crimes.

E, como se não pudesse mais conservar o tormento de um segredo, contou-me o misterioso e triste romance de sua vida, que eu ouvi, em silêncio, mas não sem grande espanto!

— Não sou canadense — começou. — Nasci em Plymouth, na Inglaterra, e o meu verdadeiro nome é Jackwel King. Exerci, durante vários anos, o cargo de médico nas tropas coloniais inglesas. Tendo sido destacado para servir em comissão nas Índias, vivi durante alguns meses em Bombaim. Nessa cidade, certa vez, graças aos meus cuidados médicos, salvei da morte um marinheiro de Cambay que fora esfaqueado durante uma rixa no porto. Em sinal de gratidão, esse marujo presenteou-me com um frasco de perfume chamado Sonhos do Islã. O frasco parecia-se perfeitamente com aquele, não só na forma como também na cor. Quando voltei a Londres, dei-o de presente a minha esposa, Angela, que, por motivo de moléstia, não me havia acompanhado às Índias.

"Em Londres", continuou o Dr. Jackwel, "todas as pessoas das nossas relações gabavam as qualidades daquele extraordinário perfume, e chegaram a oferecer por ele elevadas quantias. E havia razão para isso: o perfume Sonhos do Islã é inconfundível: se tem qualquer coisa de divino, não deixa de possuir uma parcela do inferno! O famoso Williams, rico perfumista londrino, mandou que seus correspondentes procurassem em Bombaim, em Madras e em várias outras cidades hindus um frasco da essência do Islã, mas não conseguiu obter uma única amostra. Um dia, porém, ao voltar do clube, notei que havia trazido, por engano, a bengala de um jovem milionário meu conhecido, chamado Charles Brand. Querendo evitar futuras contrariedades, resolvi ir imediatamente aos aposentos particulares de Brand, a fim de lá deixar o objeto que não me pertencia. Ao entrar no quarto do milionário, senti, terrível e denunciador, o perfume indiano. Uma suspeita horrorosa me feriu o pensamento: minha mulher traía-me e o indigno Brand era seu cúmplice!

— Mas qual a razão dessa suspeita?

— O perfume! O maldito perfume do Islã! A única pessoa da Inglaterra, da Europa mesmo, que possuía aquele extrato era Angela, minha mulher; donde a evidência de que ela vinha frequentemente aos aposentos de Brand!

Procurei observar o exagero que havia em tal suspeita e disse-lhe:

— A simples existência do perfume não devia constituir prova suficiente...

— Prova?— interrompeu-me o Dr. Jackwel. — Para que outras provas? A mim me bastava o perfume. Uma sede terrível de vingança se apoderou de mim: cegou-me o ódio, e o ciúme privou-me da luz da razão! E, nesse mesmo dia, assassinei Angela e o seu cúmplice!

Causou-me impressão dolorosa a narrativa daquela tragédia. Seria possível que um frasco da fatal essência indiana viesse ter, pela força invencível do destino, às minhas mãos? Seria aquele o mesmo diabólico perfume que motivou o duplo crime de Jackwel King?

— Não é com certeza — afirmou o velho foragido. — Posso garantir-lhe que, fora da Índia, só havia um frasco, e este pertencia a Angela.

Lembrei, então, que talvez fosse útil esclarecer definitivamente a dúvida, ouvindo a opinião do próprio estrangeiro que me havia vendido o perfume; poderíamos ficar conhecendo, assim, não só o nome do singular extrato, como também sua origem.

Momentos depois, atendendo a um chamado meu, chegava à nossa presença um homem alto, forte, de tez bronzeada, vestido com esmerado apuro. Parecia realmente um indiano.

— Diga-me — perguntou o doutor, dirigindo-se ao estrangeiro e levando na mão o frasco suspeito. — Como se chama este perfume?

— Sonhos do Islã — respondeu secamente o interrogado, olhando impassível para o frasco.

— É falso! É mentira! — gritou colérico o Dr. Jackwel. — Este homem não passa de um vil impostor!

— Perdão! — replicou o desconhecido, inclinando-se respeitoso. — Esse perfume é autêntico. Recebi-o de meu pai, que era marinheiro em Cambay.

Ficamos alguns minutos em silêncio. A resposta do indiano parecia a expressão exata da verdade. Afinal, o Dr. Jackwel, enchendo-se de ânimo, com voz trêmula de emoção, perguntou:

— E seu pai tinha muitos frascos desse perfume?

— Tinha apenas três — respondeu o hindu, sem trair a sua calma imperturbável de muçulmano. — Um deles é este que aí está; o outro foi dado por meu pai a um médico inglês, que lhe salvou a vida, e o terceiro...

— E o terceiro?!

— E o terceiro — concluiu o indiano — foi vendido por meu irmão a um milionário de Londres chamado Charles Brand!

Nesse momento, o infeliz médico inglês, como se o fulminasse um raio, rolou pelo chão. Tentei socorrê-lo. Chamei-o várias vezes pelo nome. Pareceu-me ouvi-lo pronunciar ainda, vagamente, uma palavra que eu não compreendia.

Tudo fora inútil: o Dr. Jackwel King estava morto.

Um perfume suave e penetrante invadia lenta, lentamente o ar.

Quebrara-se o último frasco.

Coincidências da vida

Conheci, há muitos anos, em Quetta, na Índia, durante a terrível campanha dos *Chakars*, uma senhora inglesa chamada Evelyn Jepert, que servia por esse tempo como enfermeira-chefe num pequeno hospital de guerra. A Sra. Evelyn Jepert fora casada com um oficial do exército inglês, morto no Cairo durante a célebre revolta dos fanáticos muçulmanos de Sidi Tudim. E, por ter percorrido durante vinte anos o Egito, a Índia e grande parte da Pérsia acompanhando a carreira militar do marido, tinha a sua vida incerta, semeada de aventuras tão interessantes que dariam admirável livro de contos se ela algum dia resolvesse escrevê-los — em vez de limitar-se a apenas narrá-los, como fazia diariamente aos feridos e convalescentes da guerra.

Recordo-me ainda de um caso originalíssimo que ouvi da Sra. Jepert, pelo Natal de 1908, quando uma bala perdida, alcançando-me o braço, me atirou durante três meses para o fundo de um leito do Hospital de Quetta.

— Nesse tempo — contava-me a Sra. Jepert —, eu mantinha, em Kotri (o senhor conhece Kotri?), uma pequena pensão, onde habitualmente recebia como hóspedes os oficiais ingleses que serviam num regimento aquartelado a pequena distância da cidade. Uma noite apareceu-me em casa um jovem tenente chamado Haroldo S... que voltava inesperadamente de Pashawar (o senhor conhece Pashawar?) e ia, segundo soube mais tarde, desempenhar delicada missão em Constantinopla (o senhor conhece Constantinopla?).

Ao entrar na sala de visitas de minha casa, o tenente Haroldo teve logo sua atenção despertada por dois pequenos retratos pendurados na parede, um ao lado do outro. Examinou-os de perto com o maior cuidado durante algum tempo e depois, visivelmente agitado, perguntou-me:

— De quem são, minha senhora, estes retratos?

Disse-lhe a verdade. Os dois retratos haviam sido colocados juntos, naquele lugar, por mera casualidade. O cavalheiro de barba preta que ali estava, com ar solene, era o Sr. J. M..., um banqueiro inglês, velho amigo de minha família. Aquela dama bela e elegante no seu vestido claro era a distintíssima Sra. Helena Bazzini, esposa de um diplomata italiano que eu conhecera em Alexandria (o senhor já esteve em Alexandria?).

— A senhora está completamente enganada! — respondeu-me o tenente. — Esse homem nunca foi banqueiro e essa moça jamais foi esposa de diplomata italiano. — E apontando para os dois retratos, ajuntou num tom muito sério, a voz repassada de profunda emoção: — Este retrato que aqui está é de meu pai e este outro é de minha mãe, ambos já falecidos!

— Meu amigo — repliquei, com segurança —, posso assegurar-lhe que não há o menor engano ou a mais pequena dúvida de minha parte; tenho absoluta certeza de que estou dizendo a verdade! Este homem, que em fotografia talvez se pareça muito com seu falecido pai, é solteiro e reside atualmente em Londres; e quanto a essa formosa criatura, posso dizer-lhe, é casada e vive agora em Roma!

— Perdão, minha senhora — insistiu o tenente Haroldo.

— Sinto não poder acreditar nas suas informações. Tenho a certeza de que este retrato é de meu pai e de que este outro é de minha mãe. Inútil será querer convencer-me do contrário! Causa-me apenas grande assombro o fato de que eu não sei como explicar de se encontrarem juntas, nesta casa, estas duas fotografias!

Ao notar que o jovem militar estava de boa-fé, procurei desenganá-lo:

— Tenente! É a primeira vez que o senhor vem a minha casa, e portanto não conhece ainda a face mais acentuada do meu caráter: não sei mentir! Posso garantir-lhe que está em grande erro ao acreditar ver, em modestas fotografias de pessoas que não se conhecem, retratos de entes que lhe foram tão caros na vida!

As minhas palavras não tiveram o dom de convencer o tenente Haroldo.

No dia seguinte, pela manhã, soube que o meu hóspede havia partido precipitadamente para o sul e — coisa curiosa! — levara na sua bagagem os dois retratos que ele, durante a noite, ardilosamente retirara da parede da sala. Esse proceder nada correto do jovem militar, que me parecera tão distinto e tão bem-educado, causou-me triste surpresa.

Meses depois o major E. Blunt, que fora companheiro de meu marido na África (o senhor conhece a África?), entregou-me um envelope com uma carta e um cheque de cem libras. A carta era do tenente Haroldo e dizia o seguinte:

Fui obrigado a convencer-me de que a senhora falava realmente a verdade nas suas afirmativas referentes aos dois retratos. Venho, portanto, pedir-lhe muitas desculpas pela maneira desonesta por que deles me apoderei. Certo estou de que a distinta patrícia saberá perdoar o furto que pratiquei, concedendo-me plena absolvição. Devo dizer-lhe que os retratos que, por um capricho singular do destino, encontrei em sua casa estão hoje dentro de ricas molduras, à cabeceira de minha cama, por serem os mais fiéis que até agora consegui obter.

Resolvi por isso guardá-los como lembrança, tomando a liberdade de oferecer-lhe, a título de indenização, uma quantia com a qual a senhora poderá obter, se quiser, do banqueiro londrino e da diplomata italiana muitas dúzias de retratos semelhantes.

Intrigadíssima com esse caso, escrevi ao Sr. J. M., o banqueiro, narrando-lhe minuciosamente o singular episódio e o estranho proceder do tenente Haroldo S...

Um ano depois tive uma das maiores surpresas de minha vida. Recebi do velho banqueiro londrino um cheque de cem libras acompanhado de uma carta, em que — entre outras coisas — ele me referia o seguinte:

Fiquei profundamente maravilhado ao ler o relato do singularíssimo caso dos dois retratos. Só mesmo aí, na Índia, cheia de faquires, de elefantes e de mistérios, é que poderia suceder semelhante coisa. A sua carta servirá de prefácio a um livro que um escritor meu amigo — homem erudito e dado ao ocultismo — vai futuramente publicar sobre a "teoria das coincidências inexplicáveis".

Seria possível que eu e uma dama italiana (para mim desconhecida até então), por causa de duas fotografias, fôssemos tomados como pais de certo oficial inglês em viagem pelo país dos rajás?

A mola de aço da curiosidade, distendendo-se fortemente em mim, levou-me à Itália, e, lá chegando, procurei conhecer a Sra. Bazzini.

Encontrei-a, depois de longas e dispendiosas pesquisas, em Veneza, onde procurava esquecer, nos folguedos do carnaval, os desgostos resultantes de recente viuvez.

Inútil será dizer que me apaixonei loucamente pela formosa viúva. E agora acabamos de chegar do Japão, onde estivemos, a pretexto de ver florir as cerejeiras, em viagem de núpcias.

— Ao ler esta carta — continuou a Sra. Jepert —, quase desmaiei, tão grande foi o espanto que de mim se apoderou.

— Por causa da série infindável de espantosas coincidências? — perguntei.

— Não senhor — explicou logo a bondosa enfermeira, com seu eterno sorriso de benevolência. — Causou-me espanto uma descoberta feita casualmente por mim: verifiquei que o cheque enviado pelo banqueiro tinha precisamente o mesmo número daquele que me fora ofertado pelo tenente Haroldo!

E, num gesto que lhe ficava muito bem, passando a mão fina pela formosa cabeleira loura, a dedicada Sra. Jopert, concluiu:

— Só Deus é que pode marcar limites para as coincidências possíveis e impossíveis da vida!

O conselho do árabe

Ali Taleb, o velho guia que me serviu na última viagem que fiz pelo interior da África, era um homem muito interessante e original.

Como lhe falasse um dia em comprar um camelo para o transporte das minhas malas, Ali Taleb observou:

— Se um árabe no deserto lhe oferecer um camelo gordo e barato, é preciso agir com prudência: estando só, olhe para o camelo; se estiver acompanhado, olhe para o árabe!

Fiquei seriamente intrigado com aquele extravagante conselho, cujo sentido não cheguei a penetrar.

Várias semanas passei a meditar sobre o verdadeiro significado daquelas estranhas palavras: "... estando só, olhe para o camelo; se estiver acompanhado, olhe para o árabe!"

Um dia, afinal, não me contive. Pedi ao velho guia que me explicasse a razão de ser daquele conselho enigmático.

Ali Taleb levou-me para o fundo de sua tenda e contou-me sua história:

— Certa vez, na estrada de El-kali, um árabe me ofereceu um camelo gordo e barato; olhei para o beduíno e notei que era um homem pobre e andrajoso. Tive pena dele e comprei o animal sem nada mais indagar. Descobri depois o péssimo negócio que havia feito: o camelo tinha um defeito na perna, era cego de um olho, babava e espantava-se por qualquer coisa. Desse dia em diante, jurei pelas barbas do Profeta não mais comprar um camelo sem prévio e minucioso exame. Alguns meses depois, quando eu me dirigia para o oásis de Ben Amed, encontrei um mercador que se propôs vender-me um animal em boas condições. Para melhor assegurar-me da precisão do meu juízo, trepei para a sela e fui dar uma pequena volta pelos arredores. Quando voltei para o acampamento, fiquei quase louco de raiva: o mercador árabe — que não passava de um vil bandido — raptara minha mulher e roubara todas as minhas bagagens!

E o velho guia, ao terminar a narrativa de suas desventuras, perguntou-me, ainda, cheio de tristeza:

— Não acha, meu senhor, que é muito prudente o conselho que lhe dei?

Não respondi. Não valia mesmo a pena responder. Muitas vezes, porém, nas pontes de Bajadad ou junto às mesquitas de Meca, eu repetia aos amigos que partiam a jornadear pelo deserto:

— Estando sozinho olha para o camelo; se estiveres acompanhado olha bem para o árabe!

O grande sábio Chin-chu-lin

(Do folclore chinês)

Na parte oriental do reino de Wei vivia, havia muitos séculos, um velho e bondoso chinês chamado Chin-chu-lin, que, apesar das privações por que passava, por ser extremamente pobre, se dedicara com tal fervor aos estudos e às pesquisas filosóficas que se tornou um dos homens mais sábios da China.

Não raras vezes os famosos doutores da Escola de Tchouang-Tiu, quando queriam obter esclarecimentos seguros sobre pontos obscuros de Doutrina, interrompiam suas fecundas discussões e iam, solenes, arrastando os seus veneráveis mantos coloridos, à casa humilde em que vivia o esforçado Chin-chu-lin, ouvir a opinião do sábio, que, conhecendo todos os segredos dos Livros Sagrados, podia explicar os mistérios dos ritos e dos símbolos.

Embora se sentisse prestigiado pelos doutores e envaidecido pelas homenagens constantes que recebia dos sacerdotes budistas, o facundo Chin-chu-lin não se sentia feliz; torturava-o a todo instante o estado de pobreza com que arrastava os seus tristes dias. Ou porque não lhe sobrasse tempo — pois todas as horas do dia o sábio consagrava exclusivamente ao estudo — ou porque lhe faltasse aptidão para os trabalhos materiais mais rendosos, o certo é que Chin-chu-lin com dificuldade conseguia angariar recursos para o seu sustento. As lições pagas escasseavam com frequência e, quando isso acontecia, o pobre filósofo de Wei não podia dispor de recursos com que comprar um pouco de arroz ou uma concha de chá.

"Se vivo pobre e abandonado", pensou um dia Chin-chu-lin, "é porque ainda não chegaram ao conhecimento do nosso grande e generoso soberano Tchang-chan-tsen os numerosos estudos que tenho feito e os trabalhos que já elaborei para engrandecimento intelectual de meu povo. Certo estou de que o Filho do Sol poderá conceder-me uma pequena pensão, a fim de permitir que me consagre com mais eficiência aos estudos e às especulações filosóficas."

E um dia, vencendo a custo os escrúpulos que a modéstia lhe ditava, o sábio Chin-chu-lin reuniu alguns dos seus mais valiosos escritos e foi ter à presença do soberano chinês, diante do qual chegou depois de ter solicitado várias vezes uma audiência.

Para alcançar a deslumbrante sala do trono, o bondoso Chin-chu-lin foi obrigado a atravessar 31 aposentos riquíssimos — onde os mandarins de mais prestígio na corte, sentados sobre brancos tapetes de seda, fumavam, cavaqueando descuidados, e bebiam lentamente chá com perfume de rosa e cravo.

Recebido pelo grande e poderoso monarca, o pobre sábio, ajoelhando-se ante o trono de ouro e púrpura, fez resumidamente um modesto relato de seus trabalhos e estudos, dos livros que escrevera nas suas tristes horas de vigília, e dos ensinamentos com que orientara o esclarecido espírito dos Doutores do Templo.

Admirou-se o soberano da China no ouvir Chin-chu-lin, cujo semblante macilento e abatido causava piedade mesmo ao espírito mais indiferente às necessidades alheias.

— Sois, ó judicioso mandarim — exclamou o rei —, pelo que acabo de ouvir dos vossos lábios, um homem notável pelo imenso saber e pelas incontáveis virtudes morais que possuís. Os serviços que tendes prestado à China e aos meus súditos são tais e tantos que vos fizeram merecedor das maiores recompensas. Não posso, pois, ficar indiferente ao vosso destino; sinto-me no dever de ser generoso e justo para com o homem que mais tem contribuído para a glória da ciência e da religião!

E o rei Tchang-chan-tsen, erguendo-se, grave e solene, declarou diante de todos os mandarins presentes:

— Eu, príncipe de Wei, de Techou, de Yens; senhor de Lin, rei de Yang e Filho do Sol, declaro que resolvi conferir ao ilustre Chin-chu-lin, como recompensa de seus estudos e de seus trabalhos, o título de "grande sábio do Império Chinês" e conceder-lhe a regalia excepcional de usar doze botões em sua roupa! Os nobres aplaudiram com gritos de entusiasmo o decreto do incomparável soberano. O sábio Chin-chu-lin foi felicitado e beijado na ponta do rabicho por todos os ricos senhores da corte de Wei.

Desse dia em diante, Chin-chu-lin passou a usar doze botões na roupa (que extraordinário privilégio!), e não podia ouvir pronunciar o seu nome respeitável sem que o precedesse, como uma distinção especial, o honroso título de "grande sábio do Império Chinês".

Apesar dessas honrarias que a régia magnanimidade houvera por bem outorgar-lhe, o bom Chin-chu-lin cedo compreendeu que sua situação em nada fora alterada. A pobreza continuava a torturar-lhe a existência e a fome não arredara os pés da soleira de sua rústica morada.

Que importava realmente ao sábio os doze botões de sua roupa se ele não tinha um punhado de arroz para saciar a fome? Que adiantavam os títulos e honrarias ao indigente que não dispunha de uma miserável moeda para comprar um pouco de chá ou um pedaço de peixe?

Se ao menos pudesse mendigar durante o dia, nas praças e junto aos templos, decerto obteria recursos para o seu sustento! Mas não! Que vergonha não seria para o país dos chineses se o povo viesse a saber que o grande sábio do Império estendia humilde a mão implorando um óbulo à caridade alheia!

Habituado à vida contemplativa e tendo consagrado sua existência ao estudo, jamais cogitara de aprender os laboriosos e pacientes ofícios com que se ocupavam os outros chineses. E não seria mesmo correto que ele — o grande sábio do Império Chinês —, o homem que usava doze botões na roupa, fosse trabalhar como tecelão ou fabricar lanternas de papel para as empresas funerárias.

Empenhado em conseguir obter a seu favor uma graça mais eficiente do soberano, o grande sábio Chin-chu-lin encerrouse em sua casa e pôs-se a escrever uma nova e admirável *História da evolução filosófica da China*.

Durante a noite, quando a cidade dormia em silêncio e os ladrões embuçados se arrastavam surdamente, rodando as ruas desertas, Chin-chu-lin deixava discretamente sua pobre choupana e ia procurar, entre os restos que os pescadores abandonavam nas margens do Tchouang, alguma coisa que lhe servisse de alimento e com que pudesse atenuar o suplício da fome.

Terminada a obra, o grande Chin-chu-lin foi ter novamente à presença do rei da China, a quem dedicou com palavras comoventes aquele novo trabalho, fruto de sua profunda erudição e invejável tenacidade.

Não se poderia descrever — com os monossilábicos recursos da língua chinesa — o assombro do soberano ao tomar nas mãos os vinte pesados manuscritos do sábio. A *História da evolução filosófica da China* era um trabalho que revelava de um modo insofismável o gênio e o saber de seu digno autor.

Encantado com aquela nova joia literária que ia aumentar o tesouro do saber chinês, o rei fez reunir no mesmo instante todos os príncipes, nobres e mandarins e, diante dos cortesãos que o ouviram com o maior silêncio, assim falou:

— Dedicados filhos do País de Wei! Estou maravilhado diante da nova obra que o grande sábio Chin-chu-lin acaba de escrever. O erudito autor da *História da evolução filosófica da China* merece uma nova recompensa digna de sua invejável cultura e do brilho de seu talento!

E, ante o indisfarçável espanto dos mandarins, o rei Tchang-chan-tsen proclamou com voz forte e retumbante:

— Eu, príncipe de Wei, de Techou, de Yens; senhor de Ling e rei do Yang e Filho do Sol, declaro conferir ao grande sábio Chin-chu-lin, que já ostenta doze botões na roupa, a excepcional regalia de usar duas penas de pavão no chapéu!

Todos os cortesãos foram unânimes em tecer os maiores elogios à generosidade e ao elevado espírito de justiça que ditou a sentença do rei. A nova regalia concedida ao grande sábio era, sem dúvida, a mais elevada recompensa a que um chinês de cultura poderia aspirar.

Daquele momento em diante, o esforçado Chin-chu-lin podia ir ao templo ou passear, ao cair do sol, pelos jardins, ostentando soberbo duas penas de pavão no chapéu.

— Feliz que és, ó Chin-chu-lin — murmuravam os nobres chineses, tocando no peito com as unhas longuíssimas.

— És o único homem no mundo que tem o direito de usar duas penas de pavão no chapéu!

E, quando os honrados mandarins iam, conforme determinavam as praxes, para abraçar e beijar o rabicho do grande sábio, viram-no cambalear como um ébrio e cair ao chão sem sentidos. O rei e os circunspectos cortesãos de Wei não hesitaram em atribuir aquela perturbação do sábio à emoção violenta causada em seu espírito pela nova resolução do celestial monarca. Enganavam-se, porém; o nobre Chin-chu-lin rolava ao chão naquele momento porque, fraco e mal alimentado, já não mais tinha forças para manter-se de pé!

Amparado pelos solícitos mandarins, o doutor Chin-chu-lin foi conduzido até uma das largas varandas de marfim do palácio. Deram-lhe, então, pastilhas de açúcar e amêndoas perfumadas, enquanto os servos agitavam perto de seu rosto pálido grandes leques de seda.

Sentindo-se pouco a pouco mais reanimado, o grande sábio pôs-se a admirar o magnífico jardim que rodeava o palácio do rei. Entre os floridos canteiros cobertos de rosa, dois cães brigavam, latindo furiosamente.

Depois de acompanhar com mostras de viva atenção a luta dos cães, o sábio Chin-chu-lin começou a rir gostosamente.

— De que estais rindo? — perguntou-lhe o rei, movido por uma curiosidade digna do Filho do Sol.

— Majestade! — respondeu o sábio, inclinando-se quanto permitia seu estado de fraqueza. — Devo dizer-vos, antes de tudo, que aprendi, no curso de minha vida, a traduzir a linguagem dos cães. Não pude, pois, refrear o riso ao ouvir o que dizia aquele cão, preto de orelhas longas, ao censurar o companheiro!

— Contai-me! — insistiu o rei vivamente interessado. — Explicai-me o que dizia o cão preto com roucos latidos que nada pareciam significar!

— Senhor! — respondeu o sábio. — Compreendi perfeitamente que o cão preto dizia ao outro: "Miserável que és! Fui eu quem achou este osso e queres agora tomá-lo de mim! Pois não viste que o grande sábio Chin-chu-lin, quando por aqui passou para ir à audiência do rei, deu com o pé neste osso e não quis apanhá-lo para comer?" Replicou o outro cão: "E que tem o grande sábio do Império Chinês, o homem que usa doze botões na roupa, com os restos que só aos cães cabem disputar?" Latiu o cão preto: "Pois não sabes, meu amigo, que o Grande Sábio não come há quatro dias? E, no entanto, apesar de passar fome negra, o digno Chin-chu-lin repeliu este osso por causa do qual há mais de uma hora estás ganindo contra mim!"

Ao ouvir semelhante revelação, o rei Tchang-chan-tsen, Filho do Sol, exclamou, agitando no ar o seu precioso leque de madrepérolas:

— Será verdade, ó sábio Chin-chu-lin, o que disse aquele cão? É certo que passas fome e privações por causa dos vossos constantes estudos?

— Infelizmente, ó rei do Yang — respondeu o sábio com profunda humildade —, aquele pobre cão do vosso palácio não faltou com a verdade. Há quatro dias que não levo à boca um punhado de arroz!

— Será possível — exclamou o soberano surpreendido — que os cães conheçam melhor do que eu as necessidades de meus súditos! Oh! Pelos Trinta Mil Ídolos de Xangai! Como tenho sido injusto e pouco generoso para com o maior sábio chinês! Felizmente, porém, ainda é tempo de reparar tanta iniquidade, e de hoje em diante — posso jurar — não sentireis mais as torturas da miséria!

E o poderoso rei da China, sem perda de tempo, fez reunir os seus ministros, secretários e nobres da corte e assim lhes falou:

— Reconheço que tenho sido injusto para com o esforçado Chin-chu-lin. Acabo de ser informado de que esse sábio passa fome por não dispor de recursos para comprar arroz!

E o magnânimo soberano, com voz repassada de profunda emoção, declarou:

— Eu, Príncipe de Wei, de Techou, de Yen; senhor de Ling, rei do Yang e Filho do Sol, declaro conferir ao Grande Sábio Chin-chu-lin, que já ostenta doze botões na sua roupa e o direito de trazer duas penas de pavão no chapéu, a regalia ultra-excepcional de usar um laço amarelo no alto do ombro direito!

★ ★ ★

Alguns dias depois, o infeliz Chin-chu-lin, a maior glória intelectual da China, pobre e abandonado, morria de inanição no fundo de uma mísera choupana de palha.

O rei Tchang-chan-tsen não foi informado da morte do Grande Sábio, porque, precisamente nesse dia, Sua Majestade estava preocupadíssimo com uma festa de vinte mil lanternas que ele pretendia oferecer aos nobres nos jardins de seu grande palácio.

Ingratidão exigida

Devo dizer, antes de tudo, que eu raramente me comovo ou me admiro diante dos espetáculos torvos da vida.

Certa vez, porém, ao passar junto à mesquita de Omar, presenciei uma cena que me deixou impressão indelével.

Um velho xeque, aproximando-se de um mendigo que esmolava à entrada do famoso templo de Bagdá, atirou-lhe aos pés um punhado de moedas louras e cantantes.

Ao tempo que as arrebanhava com olhos esbugalhados e mãos rapaces, o mísero pedinte, em vez de entregar-se às usuais e surradas demonstrações de reconhecimento, entrou a descompor o generoso ancião em sujo linguajar, chamando para sobre suas cãs, não as bênçãos de Alá (com Ele a oração e a glória), mas todas as maldições do inferno, todas as pragas que assolam a espécie humana.

— Alá que te castigue, velho nojento! Longe de mim, podridão! Possa o fogo do Maligno livrar-nos de tuas mãos pestilentas, consumindo-te inteiro!

Desta vez não pude seguir indiferente. Todas as minhas energias se revoltaram, escaldantes de ódio, contra aquele monstruoso mendigo, que assim pagava, com impropérios e pragas, o generoso óbulo do bom passante.

Prestes a desancá-lo com o meu bastão, gritei-lhe com mal contido ódio:

— Cala-te, ó cão, filho de cão! Pelas barbas do Profeta! Não sei por que não te esmago já os ossos, ó torpe criatura! Pois então tens a coragem de ofender aquele generoso ancião que te deu o pão de muitos dias?

— Não me condenes nem me castigues, ó senhor! — respondeu-me o pedinte com brandas inflexões na voz macia e humilde. — Se assim procedo, é porque assim o exigiu de mim aquele meu benfeitor!

Fiquei atônito ao ouvir tão inesperada e cabal defesa de um proceder, que parecia não ter nenhuma. Seria, assim, possível que houvesse na Arábia, na Pérsia ou no Egito, um homem que se entregasse a trocar espontaneamente os mais cálidos benefícios pelas mais negras maldições?

Dando livre curso às mais desencontradas cogitações, cheguei a concluir que o velho pedinte estava sendo vítima de alguma implacável demência ou, talvez, andava a cumprir algum estranho voto feito, alucinadamente, em terrível situação de perigo de vida.

Como quer que fosse, não pude dominar a curiosidade, que crescera em mim, de deslindar a meada. Pressentindo nisso um caso digno de registro, resolvi correr no encalço do velho xeque, que, indiferente, seguia pela rua afora, no seu caminhar vagaroso e compassado.

— Ó xeque dos xeques — disse-lhe ao alcançá-lo, saudando-o com respeito. — Alá vos cubra de benefícios e prolongue, por muitos anos, a vossa preciosa existência! Acabo de assistir, surpreendido e revoltado, à conduta indigna daquele vil mendigo da mesquita. Era meu intuito castigar o ingrato de maneira terrível! Disse-me ele, porém, que fostes vós mesmo quem exigiu dele aqueles insultos e maldições. É verdade, ó venerável xeque, é verdade que tendes por justo pagarem-se benefícios e esmolas com a mais negra das ingratidões?

— É verdade, sim, meu filho — respondeu-me ele, pousando em meu ombro a mão trêmula que tantos benefícios espalhava. — É verdade! Não lhe mentiu o mendigo. Fui eu mesmo que lhe impus, não só a ele, senão a todos a quem valho, aquele modo de proceder. E a minha exigência não passa de um egoísmo gerado da minha filantropia. Sou de natureza esmoler e caridoso. Não têm conta as bocas famintas a que dei pão, os lábios sedentos a que cheguei um púcaro d'água, os enregelados que se agasalharam nas dobras do meu manto. De todos, porém, passada a fome, estancada a sede, vencido o frio, só recebia as mais cruas provas de ingratidão. Passada a hora de necessidade, passava a lembrança do benefício!

"A princípio, meu filho", continuou o velho, "doíam-me as injustiças daqueles que eu beneficiava e, por vezes, cheguei quase a transformar os meus sentimentos de piedade nesse indiferentismo com que a maioria dos homens aprecia as misérias de seus semelhantes. Repudiando, porém, essa fraqueza, esse desânimo, que me assaltava quando me feria uma ingratidão profunda, deliberei habituar-me a receber tais pagas. Alá (com Ele a oração e a glória!) seja louvado pela sábia inspiração que me deu! Comecei a exigir de todos quantos recebem qualquer auxílio meu que me deem desde logo o que me iriam dar mais tarde: a paga de uma ingratidão.

E parando um momento, na curva da rua, o original e piedoso velho deixou cair uma moeda de ouro aos pés de um cego, que dormitava apoiado no umbral de uma taverna.

O cego, que reconhecera pela voz o xeque doador, exclamou:

— O Demônio que te persiga, velho devasso! Tua mãe é uma ladra! Teu pai é um libertino!

O velho sorriu.

Não era de esperar outra coisa.

Os homens bons e generosos não devem nunca permitir que a ingratidão estiole, ou sequer embace, os sentimentos que o coração lhes dita.

"Esquecei as ingratidões", dizia Al-Halaj, "e perdoai os ingratos. Alá é justo e clemente. Os bons serão sempre julgados segundo a grandeza infinita da misericórdia de Deus."

O chá de Itakoura

(Lenda japonesa)

Havia outrora na cidade de Tóquio — conta-nos o famoso escritor japonês Hakouseki — um juiz tão sábio e tão íntegro, que gozava da justa fama de ser o mais perfeito magistrado de todo o Império nipônico.

Itakoura Sighehidé — assim se chamava o bom juiz — tinha por costume ouvir as partes, interrogar os queixosos e proferir suas sentenças, fazendo ao mesmo tempo girar, com a própria mão, um pequeno moinho de pedra, no qual pulverizava o chá de que se servia.

Esse curioso costume do grande magistrado a todos causava certa estranheza.

Um dia, dois homens ricos da cidade, que contendiam

sobre um ganho de grande vulto, foram ter à presença de Itakoura, a fim de que este decidisse qual dos dois querelantes tinha razão.

O digno juiz ouviu as razões aduzidas pelo primeiro contendor, atendeu depois à defesa que fez o segundo e, sem proferir a sentença habitual, continuou a mover, despreocupado e vagarosamente, o seu pequeno moinho de chá.

Um nobre japonês, que se achava perto, indagou, curioso, o motivo por que o íntegro magistrado tardava tanto em proferir a sentença que os dois rivais tão ansiosamente aguardavam.

— É que o chá está saindo grosso! — exclamou o juiz.

— Mas que tem o chá com a sentença? Em que pode a maior ou menor grossura do chá de seu moinho influir na solução dessa palpitante pendência?

Sorriu o bom Itakoura ao perceber o grande espanto do jovem fidalgo. E, como tinha por hábito esclarecer as dúvidas que se lhe apresentavam, assim respondeu:

— Este moinho é construído de tal modo que só pode produzir o chá fino e perfeito quando o movimento da mão é compassado e regular. Ora, quando eu me sinto agitado, com o espírito perturbado, o movimento da minha mão torna-se irregular e o chá necessariamente começa a sair grosso e ruim. Isso vem provar que o meu espírito, dominado por alguma paixão ou por uma inclinação egoísta qualquer, não está sereno e límpido; nessas condições, sinto que não devo resolver acerca de coisa alguma, nem proferir a menor sentença. Espero, portanto, que o meu coração volte à tranquilidade, que a calma se restabeleça em meu espírito, para que eu possa falar com segurança e imparcialidade!

E concluiu, bondoso:

— E isto, meu amigo, eu reconheço facilmente quando o chá do meu moinho começa a sair fino e perfeito.

O sábio analfabeto

Em Beirute, uma noite, estava eu terminando um artigo para *O Jornal do Líbano,* na confortável biblioteca do Clube Achar, em Sahet el-Burge, quando de mim se aproximou um cavalheiro desconhecido, de aparência distinta, que, depois de proferir uma delicada saudação em puríssimo árabe, me perguntou no admirável idioma de Racine:

— É ao autor de *El-Kiamat* que tenho a honra de falar neste momento?

Respondi-lhe que sim. Era realmente, de minha autoria, esse livro violento mas sincero, de protesto e de revolta contra os impiedosos perseguidores dos muçulmanos da Ásia.

— Fui hoje informado de sua estada em Beirute — disse-me — e resolvi procurá-lo.

A meu convite, o desconhecido sentou-se em uma poltrona junto de mim. Depois de pequena pausa, continuou:

— Na minha opinião, *El-Kiamat* é o estudo mais perfeito e completo já feito sobre a situação atual dos muçulmanos na Índia e na Rússia. O livro recente de Khuda Bakhsh — *Indian and Islamic* — é incompleto; Lothorp Stoddard, no seu *Nouveau monde de l'Islã* —, não tratou com sinceridade do problema oriental; A. Métin, ao escrever *L'Inde d'aujourdhui*, deixou quase esquecida a questão maometana. Meyerhof, Vanbery, Vitor Berard, H. Wiliams, Bevan, Hyndman, Morrison, Blunt (*The future of Islan*), Huart e muitos outros são injustos nas suas apreciações sobre a civilização islâmica na Ásia. O único estudo moderno e perfeito sobre a situação dos crentes é, sem dúvida, *El-Kiamat*. Foi exatamente o que eu disse no artigo "O Islã do século XX", que escrevi para o *Journal de l'Université des Anales*!

Essa declaração levou-me imediatamente a descobrir que o meu erudito interlocutor era o professor Mustafá Keram, o sábio admirável, autor de um magnífico livro intitulado *Inquietude muçulmana*.

— Professor! — exclamei, levantando-me respeitosamente —, permiti que vos felicite, agora que tenho a honra de vos conhecer pessoalmente. Acompanho, há muito tempo, com o máximo interesse, os vossos estudos sobre o problema muçulmano. Li o vosso artigo "O futuro do Islã", publicado em árabe no *El-Mahruza,* e o meu entusiasmo pelas vossas ideias é tal, que tomei a liberdade de traduzi-lo para o francês e para o inglês!

— Ignorava — ajuntou o professor Keram — que eram de sua lavra essas traduções admiráveis que excedem em beleza de estilo, clareza e concisão o meu modesto artiguete. Já tive conhecimento delas, mas não as li...

E, como se assentisse em revelar o fato mais simples e mais natural de sua vida, ajuntou:

— Não as li, meu amigo, porque não sei ler! Sou analfabeto!

A caaba voando para o céu, transformado em condor, não me causaria espanto maior do que me causou aquela inesperada declaração do grande sábio libanês:

— Sou analfabeto!

Ninguém poderia, realmente, admitir que fosse analfabeto o erudito autor da *Inquietude muçulmana!*

— Professor!— exclamei. — Estou certo de que um homem do vosso valor moral e intelectual é incapaz de faltar à verdade ou de chasquear com quem quer que seja! Não posso, porém, acreditar que seja analfabeto um homem que já leu tantos livros franceses e ingleses!

— Confesso que já li — continuou o professor — muitos livros em francês e em inglês. Sou, porém, incapaz de ler uma palavra escrita em qualquer um desses idiomas! Sou analfabeto! Nem ao menos sei distinguir o A do B!

Aquela afirmação parecia exprimir um dos maiores absurdos que já me haviam entrado pelo ouvido.

O professor Keram veio logo, risonho e amável, esclarecer a minha dúvida!

— O meu caso é muito simples. Quando eu tinha cinco anos de idade, fiquei cego. Aprendi a ler pelo sistema braile, com a ponta dos dedos. Li assim todas as obras que foram escritas nesse sistema próprio para os cegos. Há poucos dias, porém, fui submetido a uma delicada operação e recuperei felizmente a vista. Os médicos, entretanto, determinaram que eu evitasse, durante seis meses, qualquer esforço ou cansaço visual. Não conheço os caracteres comuns da escrita: vejo perfeitamente as letras, as palavras, as frases — mas sou incapaz de ler uma sílaba!

E o erudito libanês repetiu, com voz pausada e clara:

— Sou analfabeto!

Era, na verdade, um sábio analfabeto.

As duas tendas do deserto

Perdido de meus companheiros — contava-me um árabe em Medina —, caminhava um dia, sem rumo, pelo deserto, quando avistei uma grande tenda, junto da qual estava uma jovem muçulmana de rosto velado por um espesso véu.

Mal pousara em mim seus olhos negros e vivos, exclamou:

— A paz seja contigo, ó irmão dos árabes! Que procuras tão absorto, pelos caminhos de Alá?

Contei-lhe em poucas palavras o que me acontecera e a razão por que me encontrava a vagar desnorteado pelo deserto, concluindo a minha narrativa com os versos famosos de Khayyam.

— E nesse infortúnio, ó formosa filha de Eva, a vagar sem destino, tenho duas companheiras: a fome e a sede!

— Se assim é — disse a rapariga —, serás meu hóspede nesta tenda!

E pediu-me que descesse do cavalo e descansasse um pouco enquanto ia preparar-me um saboroso manjar.

Tão meiga era a voz daquela boa criatura, tão amável a sua maneira de falar, que não hesitei em aceitar o convite e apeei do cavalo junto à tenda. Momentos depois surgiu-me a jovem, trazendo, num prato finíssimo, um pão delicioso feito de trigo e de mel.

Graças à bondade de minha afável hospedeira, pude saciar a fome, que já me atormentava, e beber, com grande satisfação, alguns goles de água pura e fresca.

Não me esqueci de agradecer ao Altíssimo a mercê que me proporcionara, conduzindo-me os passos até aquela sombra acolhedora; e, fora da tenda, junto a um velho coqueiro, sob os olhares da jovem que não me desfitava, murmurei!

— Louvado seja Alá, que fez nascer a bondade e o carinho no coração dos homens!

E era minha intenção descansar mais algum tempo naquele aprazível lugar quando surgiu, de repente, vindo não sei de onde, um homem de má catadura, com modos abrutalhados de salteador. Era o marido da jovem e o dono da tenda.

— Quem é esse homem? Que faz aqui? — perguntou o recém-chegado à mulher, com azedume que não procurava disfarçar.

— É um hóspede — respondeu a rapariga.

— Não quero saber de hóspedes! — replicou. — Enxota-o já daqui antes que eu perca a paciência!

Ao ouvir tal ameaça, montei a cavalo e fugi, a galope, daquele exaltado muçulmano!

Depois de caminhar muitas horas sem parar, cheguei, finalmente, perto de uma outra tenda, que parecia maior e mais rica do que a primeira.

Uma mulher que se detinha junto à porta perguntou-me com visível rispidez:

— Quem és? Que desejas?

Contei-lhe que era um viajante transviado pelo deserto e pedi-lhe que me desse um pouco d'água, algumas tâmaras e uma côdea de pão.

— Não quero saber de hóspedes em minha tenda! — exclamou ela. — Não tenho água nem pão para os chacais aventureiros!

Surpreendido por tão grosseiras e impiedosas palavras (Alá se compadeça daquela mulher!), já ia afastar-me quando surgiu por detrás da tenda um homem, de fisionomia bondosa, ricamente trajado. Era o marido daquela má criatura e o dono da tenda.

O xeque, aproximando-se de mim, disse, estendendo-me amavelmente a mão:

— Bem-vindo sejas, ó desafortunado amigo! Serás meu hóspede e aqui terás pão, água e boa sombra.

E fez-me apear do cavalo, convidando-me a entrar em sua tenda, e foi ele próprio quem me trouxe saborosas frutas e doces secos.

Achei graça à maneira como essa segunda acolhida contrastava com a primeira, inclusive a alternação de sentimentos dos dois casais, e pus-me a rir gostosamente.

— De que te ris? — perguntou-me ele.

Contei-lhe, sem nada ocultar, o que me havia acontecido na primeira tenda: a mulher me recebera bem, ao passo que o marido só tivera para mim palavras maldosas, cheias de rancor. E que o contrário, exatamente, sucedia então: a mulher me recebera mal e o marido fora para mim de uma bondade cativante e sem limites!

— Não lhe vejo motivos para admiração ou riso — respondeu-me o meu bom hospedeiro. — Acho até bem natural que assim haja sucedido!

E como eu o fitasse muito admirado, ele acrescentou:

— Aquela mulher que te acolheu na primeira tenda é minha irmã, ao passo que o marido dela é irmão de minha mulher!

E concluiu em voz baixa:

— Quantos lares há pelo mundo, meu amigo, que são exatamente como as duas tendas que encontraste no deserto!...

A primeira pedra

(Lenda oriental)

Conta-se — Alá, porém, é mais sábio! — que viveu outrora na cidade de Basra um sultão que era um homem generoso e sábio, cheio de bondade e valentia, de nobreza e poderio, que se chamava Malyan El-Vadan.

Um dia, tendo esse poderoso monarca saído a passear sozinho pelos arredores de seu palácio, avistou, ao longe, quatro homens, em atitude agressiva, rodeando uma mulher.

A infeliz, atirada ao chão, ocultando o rosto entre as mãos descarnadas, chorava desesperadamente.

Ao serem surpreendidos pelo soberano, ficaram todos mudos de espanto e medo. O sultão sem demora os reconheceu: um deles era o emir Kolahid; o segundo, Naman, o cádi;

o terceiro, o rico vizir Salah; o último Hadjalá, o orgulhoso — todos, enfim, nobres e poderosos senhores da corte.

— Que fez esta mulher? — perguntou o sultão.

— É uma ladra, ó emir dos crentes — respondeu Kolahid. — Foi por nós surpreendida agora quando estava a roubar frutas em vosso pomar.

— Roubei para meus filhinhos — soluçava a pobre rapariga —, eles tinham fome... Eu nada tinha para lhes dar!

— É uma pecadora, ó rei dos reis! — observou Naman, o cádi. — Deve ser castigada. A lei...

— Que diz a lei? — perguntou, com tom severo, o sultão.

— Rei generoso! — respondeu Hadjalá, inclinando-se humilde. — A lei é bem clara. Diz o Alcorão, o nosso Livro Sagrado, que se deve cortar a mão direita do ladrão. Estou bem certo, ó rei, que este é o castigo que cabe a essa pecadora!

— Na minha opinião — interveio o sultão —, esta infeliz devia ser perdoada. Não se trata absolutamente de uma ladra, pois uma pobre mãe desesperada que rouba para matar a fome de um filho merece sempre a nossa simpatia e faz jus ao nosso perdão. Alá é clemente e justo! Mas... enfim... como vós a condenastes, com impiedoso rigor, ela vai ser castigada.

Depois de pequena pausa, o grande monarca ajuntou:

— Penso, porém, que o castigo que a lei prescreve aos ladrões ainda é pequeno para a falta gravíssima que esta infeliz, segundo a vossa opinião, acaba de praticar. Determino, pois, que esta mulher seja imediatamente apedrejada!

Apedrejada! Semelhante sentença proferida por um homem tão justo e bom como o sultão Malyan causou, entre os circunstantes, um espanto indescritível. O emir Kolahid, pálido, tremendo, não sabia o que fazer.

— Emir Kolahid! — gritou o sultão, com voz áspera. — Atirai vós a primeira pedra!

— Eu não tenho aqui pedra alguma, senhor — murmurou o emir, mostrando as mãos vazias.

— Atirai, então, essa "pedra" que está em vosso turbante! — ordenou o sultão.

Diante dessa ordem, o emir não teve outro remédio. Com grande mágoa no coração, arrancou do turbante a valiosa gema que lhe servia de adorno, e atirou-a aos pés da mulher.

— Agora vós, Naman — continuou, impassível o sultão. — Atirai essas "pedras" que brilham em vossos dedos!

O malvado muçulmano teve assim de despojar-se imediatamente de todos os seus preciosos anéis; a mesma coisa foram obrigados a fazer Salah, o rico, e Hadjalá, o orgulhoso.

Voltando-se finalmente para a mulher, disse-lhe o sultão:

— Apanha todas essas "pedras", minha filha! Terás aí com que comprar, por toda a vida, o pão e o agasalho para os teus filhinhos... Estás livre! Podes partir! Eu também não te condeno; vai-te e não peques mais!

A pobre mulher, entre lágrimas de gratidão, beijou a mão ao seu dono e senhor — tão magnânimo e bom, que sabia fazer um benefício inestimável, castigando ao mesmo tempo quatro homens malvados, sem coração.

A lenda do País Perdido

Era meu desejo, ó irmão dos árabes, contar-vos hoje, nesta hora amena de calma e repouso, uma das lendas mais curiosas da terra encantada de Omã. Queria fazer-vos conhecer a formosa história que os filhos do Islã intitularam: "A lenda do País Perdido".

Não posso, entretanto, realizar tão agradável tarefa, pois sou obrigado a partir neste instante para o oásis das Sete Mil Palmeiras, onde me aguardam os mercadores mais ricos da Arábia, com suas alcatifas e pedrarias.

"É a cobiça", direis. Vais deixar o sossego e a tranquilidade deste caravançará acolhedor para ir em busca de aventuras na triste aridez do deserto esbraseante.

Não, meu amigo, não! Muito vos enganais. Nunca fraquejei aos falazes atrativos da vil cobiça, nem me levaria ela aos longínquos e mortíferos recantos de onde tão cedo não voltarei. Move-me, apenas, a sofreguidão de falar ao venerável xeque Saddik Al-Ahmed, dono do oásis, pai da encantadora Kendjé, aquela que sonhei para esposa e que meu coração aureola com os fúlgidos matizes do mais puro amor.

É unicamente para assentar os moldes de tão grata aliança e combinar o valor do dote que deixo a vossa agradável companhia para empreender uma jornada fatigante e não isenta de graves riscos. E vou — é curioso — atravessar, ao passo lento dos meus camelos, a região que viu outrora, vívida, bela e poderosa, a capital do País Perdido.

Não me fosse o tempo tão escasso, eu vos diria — repetindo a opinião dos sábios e historiadores — que há muitos séculos, antes mesmo do reinado do grande Salomão, no centro da Arábia, defendida por altas muralhas de granito, existiu uma invicta e populosa cidade denominada Shaarka-Ladam, habitada por uma tribo de valentes beduínos.

Os ladamiés — assim se chamavam seus habitantes — eram os mais ousados e hábeis guerreiros de seu tempo. Não raras vezes transpunham os vastos portões de Shaarka-Ladam para tornar com os troféus arrancados às tribos inimigas em sanguinolentos embates. Nada poupavam esses incorrigíveis batalhadores do deserto: saqueavam aldeias, pilhavam caravanas, escravizavam vencidos. E com que mostras de alegria, com que flores e palmas, eram os ladamiés recebidos por suas esposas e filhos quando regressavam dessas jornadas heroicas pelos países vizinhos! Os valentes soldados, depostas a lança e a armadura, encontravam na doce paz do lar generosa recompensa aos mil perigos e atribulações por que haviam passado.

Conta-se, porém, que um dia esses impávidos guerreiros resolveram conquistar os grandes tesouros que se dizia existirem no país de Asir. Prepararam para essa façanha um grande exército em cujos batalhões perfilavam todos os homens validos de Shaarka-Ladam. Com a partida dos soldados, ficaram dentro dos muros da cidade apenas as mulheres e as crianças; até mesmo os anciãos foram voluntariamente tomar parte nessa incursão militar.

Um ano depois, quando os invencíveis ladamiés regressavam com os ricos despojos tomados aos inimigos, encontraram na região em que se erguia a orgulhosa Shaarka-Ladam um imenso lençol de areia que se estendia até ao horizonte. Nem mesmo as grandes muralhas, com suas luzidas portadas de bronze, existiam mais! Tudo havia desaparecido, como se um furacão infernal houvesse varrido a cidade sem deixar ruínas ou escombros de qualquer espécie.

Onde os formosos palácios com seus leões de raro mármore, onde os alegres jardins que viram tantas vezes, nas tardes calmas de verão, passear por suas alamedas, em agradáveis colóquios, as mais formosas mulheres de toda a Arábia?

Ficaram os guerreiros transidos de horror diante daquela infinda catástrofe que lhes roubara a todos, de um momento para o outro, o lar, a esposa e os filhos!

— Quem sabe — murmuraram alguns mais esperançados —, quem sabe se não houve engano dos nossos guias e cameleiros? Quem sabe se não é um pouco além que fica o nosso querido torrão natal?

E os valentes ladamiés começaram a vagar pelo deserto, a procurar, sedentos e famintos, como se fossem beduínos sem pátria, o país que lhes havia desaparecido!

O calor sufocava-os; a sede, dia e noite, os torturava; eles, porém, filhos de um país perdido, não paravam nunca. Jornadeavam sempre pelo deserto imenso, passando e repassando cem vezes pelos mesmos lugares, como loucos, em busca de uma cidade que não existia mais.

Tivesse eu tempo suficiente, não deixaria de contar-vos que o ambicioso Asfar, sultão do Asir, sabendo pela boca dos peregrinos da desgraça que fulminara os guerreiros de Shaarka-Ladam, resolveu tirar tremenda desforra dos antigos vencedores de suas tropas. Preparou um pequeno exército e pôs-se em marcha ao encontro dos homens do País Perdido.

O prudente vizir Emad el-Dulat observou, porém, ao sultão:

— Ó rei magnânimo! Parece que já vos esquecestes da derrota que há tão pouco tempo vos infligiu o terrível exército de Shaarka-Ladam! Como pretendeis agora, com tão reduzida força, atacar em pleno deserto esses homens indomáveis, verdadeiros gênios da guerra, que por várias vezes nos esmagaram dentro dos muros das nossas cidades!

Respondeu o sultão:

— Agora, meu amigo, tenho certeza de que vencerei os meus irreconciliáveis inimigos. Chegou o momento da vingança! Os guerreiros de Shaarka-Ladam nada mais valem!

— Nada valem? Nada valem por quê?

— Porque são homens — replicou o sultão — sem pátria, sem esposas e sem filhos! Quem já viu um soldado, por mais valente que seja, combater sem ter um ideal qualquer? Não há, no mundo, herói que empunhe a lança e vá batalhar no deserto pelo simples prazer de batalhar!

Tinha razão o soberano de Asir. Os ladamiés já não eram os mesmos guerreiros de outros tempos. Os soldados do sultão, sempre derrotados nas pelejas anteriores, obtiveram completa vitória sobre os homens de Shaarka-Ladam no violento combate que entre os dois exércitos se travou. Os velhos heróis da cidade extinta deixavam-se massacrar ou apunhalavam-se, como se quisessem poupar aos seus impiedosos inimigos a tarefa de matá-los. E assim, sob os pesados kandjares dos guerreiros de Asir, morreram os invencíveis beduínos da tão temida Shaarka-Ladam.

Ainda hoje, as caravanas que atravessam o infindável deserto de Roba el-Khali veem, ao cair da noite, sombras de guerreiros fantasmas, de lança em punho, a galopar errantes, como loucos. São — dizem os árabes peregrinos — os ladamiés alucinados que procuram, pelos areais sem fim, a cidade tão querida que um cataclismo fez desaparecer!

Que Alá, clemente e piedoso, tenha em sua eterna paz os infelizes filhos de Shaarka-Ladam. Eles eram valentes, generosos e bravos; e só se deixaram vencer quando já não tinham por quem combater na vida: nem Deus, nem pátria, nem família!

Infelizmente, ó irmão dos árabes, não vos posso contar a curiosa lenda do País Perdido.

Queira Alá, o exaltado, que encontreis um dia alguém que vos faça o relato dessa lenda maravilhosa melhor do que eu faria, se pudesse, futuramente, contá-la, para encanto vosso, quando regressasse do longínquo oásis das Sete Mil Palmeiras.

Este livro foi composto na tipografia Aldine 401 Bt,
em corpo 11/15, e impresso em papel off-white
no Sistema Digital Instant Duplex
da Divisão Gráfica da Distribuidora Record.